상식으로 살고 있나요?

이종혁

KB191505

상식으로 살고 있나요?

초판 1쇄 발행 2020년 11월 30일

지은이 이종혁
펴낸이 김형근
펴낸곳 서울셀렉션㈜
편   집 지태진
디자인 이찬미

등   록 2003년 1월 28일(제1-3169호)
주   소 서울시 종로구 삼청로 6 출판문화회관 지하 1층 (우03062)
편집부 전화 02-734-9567 팩스 02-734-9562
영업부 전화 02-734-9565 팩스 02-734-9563
홈페이지 www.seoulselection.com
이메일 hankinseoul@gmail.com

ⓒ 이종혁
ISBN 979-11-89809-41-6 03810

• 책 값은 뒤표지에 있습니다.
• 잘못된 책은 구입하신 서점에서 바꾸어 드립니다.
• 이 책의 내용과 편집 체제의 무단 전재 및 복제를 금합니다.

상식으로 살고 있나요?

이종혁

서울셀렉션

프롤로그

왜 상식인가?

대체 상식이란 것이 존재는 하는가. 모두가 합리적으로 판단하고 논리적으로 주장한다고 생각하지만, 막상 비상식의 상식화에만 익숙해져 있는 것은 아닌가. 모든 지식은 잠시 접어 둔 채 상식을 강요하지 않고 그냥 질문을 던져 보았다. 이 질문들에 예, 아니요 대답하다 보면 '나는 왜 이렇게 살고 있었지?' 하고 스스로 생각해 볼 수 있을 것 같았다. 짧은 글들을 통해 상식에 관한 질문들을 나를 포함한 모두에게 던져 보았다.

다른 사람을 설득하여 행동을 변화시키고 여론을 조성하는 일에 30년 가까운 시간을 보냈다. 많은 사람의 행동 변화를 이끄는 캠페인을 시도해 왔다. 그러다 어느 순간 생각해 보았다. 오랜 시간 동안 어떻게 이 일을 계속해 오고 있는가? 왜 변화시켜야 할 생각, 태도, 그리고 행동이 이렇게 많은가? 그렇게 자문할 때 늘 떠오르는 단어 하나가 바로 '상식'이다.

대중을 설득하는 것이 아니라 대중의 상식을 소멸시키는 활동을 하고 있다는 생각이 들 때도 있고, 어떤 경우에는 비상식을 상식으로 만드는 일을 한 건 아닌지 반성도 해보게 된다. 가장 절실하게 주장하고 싶었지만 막상 그렇게 하지 못했던, 나 자신과 마주하며 입 밖으로 내뱉지 못했던 말이 "나는 상식에 맞게 산다"라는 말이었다. 누구나 이 말을 하며 살고 싶을 것이다.

상식에 맞게 살면 특정한 것에 집착할 필요도 없고 미래를 너무 두려워하지 않아도 되며 화려함보다는 소박함의 소중함과 마주할 수 있다. 하지만 우리는 상식보다 비상식과 더 자주 마주하며 어느새 그것에 너무 익숙해졌다.

지금도 우리는 '상식의 파괴'를 끊임없이 요구받고 있다. 이미 '비상식의 일상화'에 익숙해진 현실에서 조금만 물러나 상식의 눈으로 세상을 바라보고 자신만의 삶을 돌아본다면 의외로 쉽게 창의적인 삶이 가능해질 것이다.

정치 자본 사회 권력은 궁극적으로 대중의 동의를 갈구하게 마련이다. 그래야만 자신들이 얻고자 하는 또 다른 목표나 성과물을 획득할 수 있기 때문이다. 동의를 구하기 어렵다면 상호 간 이해관계를 자극하거나 그들이 깨닫지 못하는 이슈를 제기해 감성을 자극하기도 한다. 그 자극에 익숙해지다 보면 나 자신을 통한 세상의 변화가 아니라 다른 이를 통한 변화에만 익숙해진다. 이렇게 길들여진 사람들이 늘어나고 있는 것을 보면서 행복한 삶을 위해 필요한 능력이 무엇인지, 자기방어를 위한 최선의 방법은 무엇인지를 고민하였다. 그 해결책 중 하나가 상식에 맞게 살기 위한 노력임을 알게 되었다.

왜 상식을 말하는가? 비상식의 세상에서 나만의 창의적인 행복을 누리기 위해 누군가에게 필요한 질문을 해보기 위해서다. 서두에 밝혔듯이 물론 이 질문들에 나도 예외는 아니다.

2020. 12.

목차

인人

생生

에필로그 _ 상식이 삶을 지속 가능하게 한다

의
衣

옷 이어폰 신발 명품 정리 웨어러블

옷

한국의 패션 디자이너 하면 가장 먼저 떠오르는 인물은 누구일까? 소비에 관한 강의를 하면서 가끔 학생들에게 하는 질문이다. 누가 떠오르는가?

대부분 공통적인 인물을 떠올릴 것이다. 그런데 최고의 패션 디자이너가 자신의 철학을 올곧게 확립한 이후 왜 다양한 창작 활동 속에서도 본인은 늘 똑같은 옷만을 고집했을까?

수많은 색상과 스타일의 옷 중 자신만의 것을 찾고, 그것에 확신했기 때문 아닐까. 그 옷을 입었을 때 가장 편하거나 자신감이 충전되지는 않았을까. 일상 속에서 자신의 옷에 투자하는 시간을 최소화하기 위한 가장 실용적 선택이었으리라고 추정해 본다.

최고의 패션 디자이너에게 배워야 할 옷에 관한 지혜는 무엇일지 스스로에게 물어보았다.

편한 면 티셔츠와 청바지 패션으로 기억되는 인물들이 떠오른다. 그들은 역설적이게도 옷에 가장 적은 시간과 돈을 투자한 것 같은데 오히려 옷으로 기억된다.

그런데 많은 사람들은 늘 옷을 사면서도 옷이 없다고 말한다. 입을 만한 옷은 쌓아 둔 채 오히려 옷을 사지 못해 안달한다. 마음과 몸, 둘 다 변하지 않아야 옷을 오래 입을 수 있는데 마음의 변화가 너무 잦은 것은 아닐까. 옷의 문제가 아니라 사람의 문제다. 옷에 문제가 있어서 버려지는 옷이 별로 없는 것도 이 때문이다.

입었을 때 편하고 자신감이 생기는 옷이 있다. 그것을 찾아야 한다. 찾았다면 똑같은 옷 몇 벌을 사서 깨끗이 입으면서 옷에 투자하는 돈과 시간을 절약하자.

이런 삶을 추구하다 보면 시간이 흘러도 변치 않는 자신의 마음과 만날 수 있지 않을까. 멋지거나 좋은 옷은 결국 입는 사람에 달려 있다. 옷이 사람을 만든다는 것은 그냥 마케팅 수사 정도로 이해하는 게 어떨까.

(?)

"정말 입을 옷이 없나요?"

이어폰

버스를 타고 갈 때면 늘 눈과 귀를 자유롭게 한다. 매일 같은 노선이라고 해도 늘 다른 모습을 목격할 수 있기에 차창 밖은 세상 공부하기에 좋다. 승객들의 잡담 소리, 자동차 엔진 소리 등 반복되지만 같지 않은 소리를 들을 수 있다. 하지만 어느 순간부터 대중교통 속에서 만나는 많은 사람들은 주변을 외면하는 데 익숙해진 듯 보인다.

어느새 눈과 귀를 모두 닫아 버린 사람들의 공간이 되었다.

눈은 스마트폰을 향하고, 귀에는 이어폰이 꽂혀 있다. 이 사람들 머리 위로 광고 하나가 내 시선을 끌었다.

'보이지 않는 보청기'라는 문구다.

보청기는 남의 소리를 듣게 도와주지만, 이어폰은 내가 듣고 싶은 것만 듣게 도와주는 도구다. 보청기는 보이지 않는 게 미덕이지만, 이어폰은 보이는 게 미덕인 것도 아이러니하다.

이어폰 사용 시간이 증가하면서 청소년 난청 환자도 늘어났다고 한다.

어린 시절부터 이어폰을 끼고 주변 소리에 귀 기울이는 데 익숙하지 않다 보면, 성인이 되어서는 내가 듣고 싶은 소리만 듣게 되고, 노년기에는 듣고 싶어도 들을 수 없는 사람들이 더욱 많이 늘어날 것이다. 듣고 싶은 것만 듣다 보면, 결국 들으려야 들을 수 없는 상황과 좀 더 일찍 만나게 될 듯하다.

(?)

"아이들에게 세상 소리 듣기를 가르치고 있나요?"

신발

한때, 걸을 때 신는 신발이 유행했던 적이 있다. 일명 워킹화라는 것이다. 당시 뛸 때 신는 신발, 즉 러닝화와 워킹화가 과연 크게 차이점이 있을지 궁금했었다. 업체 주장을 보면 뭔가 큰 차이가 있는 것 같지만 도대체 걷다가 뛰다가 하면 과연 러닝화와 워킹화 중 어떤 신발을 신어야 하는지 이해가 되지 않았다. 굳이 저렇게까지 제품을 세분화해 소비자를 유혹할 필요가 있나 싶기도 했다. 그런데 이보다 한 발 더 나아가 체형을 아름답게 해주는 신발까지 등장했다.

그래서인지 신발장을 열어 보면 생각보다 많은 신발이 있다. 격식과 옷차림에 맞춰야 하고 기능도 갖춰야 하며 때로는 편안함까지 기대하니 한 켤레 신발로는 도저히 이 많은 요구를 감당하기 어려울 것이다. 게다가 다양한 야외활동이 늘어나면서 사람이 만든 노면과 자연환경에 적합한 수많은 기능화가 필요하게 되었다. 꼭 필요한 것은 아니지만 그것이 당연하다고 생각하는 시대이다 보니 십여 켤레 이상의 신발을 가진 사람이 생각보다 많다.

산행과 같이 노면 상태가 상이한 장소를 이동하기 위한 기능성 신발은 안전을 위해 필요하겠지만 아스팔트 깔린 도심 속에서 걷거나 달리기 위한 신발을 굳이 구분해서 사용하는 건 좀 과하다 싶다. 물론 의료 목적이나 신체적 이유로 걷기에 특화된 신발을 사용해야 하는 경우도 있을 터이다. 그러나 적어도 포장된 길 위를 산책할 때는 단 한 켤레의 신발도 없는 맨발인 사람이 전 세계에 5억 명 이상 된다는 사실을 상기해 보자.

"걷는 신발과 뛰는 신발을 모두 갖고 있나요?"

명품

SNS를 통해 가끔 졸업한 제자들의 소식을 우연히 접하게 된다. 학창 시절 수업을 통해 맺은 관계가 유지되다 보니 20~40대까지 다양한 연령대의 생각과 일상을 수시로 들을 수 있다. 한번은 30대 제자가 명품 시계 구매 후기를 올려놓았다.

여러 매장을 돌며 거의 선착순 방식으로 원하는 모델의 시계를 구매한 이야기다. 족히 몇 달치 월급을 투자해 구매했거나 몇 년간 적금으로 모은 금액일 터이다.

그 제자는 "돈을 아껴 이번에 명품시계를 구매했다"고 했다. 돈을 아껴서 명품을 구매한다? 돈이 많다고 사치해도 안 되지만 돈을 아껴 사치하는 것은 더더욱 안 된다.

만약 과거로 돌아가 수업시간에 그 제자를 만날 수 있다면 사치에 대해 조심스럽게 말해 주고 싶다. 명품을 갖고자 하는 욕망은 돈의 많고 적음보다는 내 안에 부족함이 있음을 의미하는 것이라고.

명품을 선호하는 건 이성적인 자제력의 부족이다.

이성적 자제란 마음의 여유와 세상을 보는 지혜로움이다.

명품을 사는 것은 감성적인 행동의 결과다.

감성적 행동은 물질의 탐욕으로 자기를 평가하고 세상을

재단하는 이기심의 발로다.

　마음의 충만함은 늘 검소함, 마음의 부족함은 늘 사치함과
연결된다.

(?)

"손목에 아무것도 채워져 있지 않은
자유로운 느낌이 더 좋지 않나요?"

정리

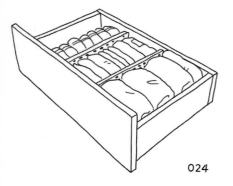

옷을 정리하다 옷장을 새로 샀던 경험이 있다. 그게 무슨 문제인가 생각할 수 있지만 다시는 그런 결정을 하지 않을 것이다.

정리란 버려야 할 것과 사용할 것을 구분 짓는 행위다. 버릴 수 있는 것과 버릴 수 없는 것을 나누는 행위와 다르다. 정리하려면 공간을 비워야 하는데, 많은 사람들이 오히려 공간을 채우는 수납 용기나 도구를 들여놓곤 한다.

수납을 잘하는 것이 정리는 아니다. 수납을 잘하면 오히려 너무 많은 것을 보관하게 된다. 정리는 사용할 것들을 놓아두는 것이다. 아무리 수납을 잘해도 결국에는 쌓이게 된다. 잘 사용하지 않으면서 쌓아 놓은 물건들을 짐이라고 한다.

짐을 버리지 않고 정리하려다 보면 또 다른 수납공간이 필요하게 된다. 버릴 것은 지금 버리고 필요한 것만을 보관하자. 질량보존의 법칙처럼 최초 수납공간 불변의 법칙을 지켜 가는 게 정리다. 웬만하면 수납공간을 줄이자.

짐을 만들게 되면 또 다른 무언가를 들이게 된다.

옷과 같은 물건만 그런 게 아니다. 마음에 쌓여 있는 짐도 예외는 아니다.

?

"지금 짐을 쌓아 두고 있나요?"

웨어러블

레스토랑 테이블에 외식하러 온 한 가족이 보인다. 아직 걸음마도 떼기 전인 아이를 데리고 나온 엄마 아빠. 그런데 이 가족 세 명 사이에는 침묵이 흐른다. 아이는 스마트 기기에서 나오는 영상에 집중하고 있었고, 부부도 각자 스마트폰을 들여다보며 식사하고 있었다. 이런 모습이 전혀 이상하게 보이지 않는 나 자신이 오히려 낯설어 놀랐다.

이 놀라움 때문에 미디어 혁명이 몰고 온 변화의 격랑 속에서 소통의 부재에 대해 생각해 보았다. 소통 도구인 미디어가 혁신을 거듭하는데도 우리는 과거보다 더 소통의 단절이라는 현상에 직면해 있다. 불합리를 넘어 부조리한 이 현실을 어떻게 설명할 수 있을까.

혁명은 늘 혁신의 과제를 수반하기 마련이다. 그렇지만 미디어 혁명은 이러한 과제를 수행하는 대신 왜곡된 소통방식에 대한 집착을 불러왔다. 과거의 관습이나 관행에서 벗어나 독립해야 하는 혁신의 진정한 모습과는 반대의 양태를 보이고 있는 셈이다. 한순간도 미디어와 단절되는 상황을 참지 못하는 우리의 모습이 그 중 한 예다.

공기나 물처럼 너무 흔해서 당연하게 여겨졌던 것들을 다시 복원시키는 것도 소통의 기능 중 하나다. 다시 말해 소통의 진화로 사라진 것들의 가치를 되찾는 것 또한 소통이다. 그런데 이러한 복원 기제가 작동하기도 전에 미디어는 더욱 더 빠른 속도로 다가와 우리 생활을 지배하고 있다. 시간 지체 현상을 가속화시킴으로써 혁명의 본 목표는 사라지고 혁신이라는 미명만 남았다.

미디어의 발전은 인간의 확장에 기반한 것인데 오히려 인간이 미디어에 의해 단절되고 축소되는 기현상 속에 놓인 우리의 모습이 이제 너무 익숙해져 상식과 비상식의 틀마저 이미 무너진 시대에 살고 있는 것은 아닐까.

미디어 혁명의 출발점이자 종착지가 인간이라는 본질을 도외시한 채 매일 쏟아지는 미디어 제품을 무비판적으로 사용하면서 혁신을 빠르게 수용하고 있다고 스스로 호도하지는 말자. 필연적인 변화 속에서 벗어던질 수 없는 것이라면, 차라리 겸손하게 받아들일 일이다.

"미디어를 내려놓거나 그 영향에서 벗어나는 데
익숙해지기 위해 노력하고 있나요?"

식
食

유기농 배달 맛집 빵 소식 물 무스케이크

유기농

장을 볼 때마다 지나게 되는 유기농 코너는 나에게 늘 좀 더 건강한 삶을 위한 선택을 하라는 메시지를 던져 준다. 좀 더 안전할 것 같고, 그래서 내 몸에 더 좋을 것이라고 생각하게 된다. 다른 사람들은 어떻게 느낄지 궁금해서 물어보았다.

유기농 먹거리를 구매하는 이유가 무엇인가?

내 가족의 건강을 위해서.

사람들은 영양도 더 좋고, 몸에도 더 좋은 식품을 먹고 있다는 막연한 확신을 갖고 있었다.

그러나 유기농을 소비하는 행위에 대해 정확히 정의하자면, 사실 소비가 아니라 미래에 대한 기부라고 해야 할 것이다. 그래서 착한 소비라고도 한다. 그런데 우리도 모르는 사이 착한 소비가 아니라 이기적 소비로 치환돼 있다.

유기농 식품을 구매하는 것은 몸이 아닌 마음이 건강할 때 가능한 소비 행위이다.

나와 내 가족의 건강만을 위한 이기적 마음으로 유기농을 소비한다면 단순한 사치일 뿐이다.

유기농이 비싼 이유는 간단하다. 농약을 쓰지 않으므로 간혹 외관상 품질이 조금 떨어지는 경우가 있다 하더라도 이는 환경을 위해 애쓴 농가에 대한 보상이다. 화학비료를 사용하지 않아 생산량이 줄었기 때문에 그 차이만큼을 더 높은 가격으로 보상해 주는 것이다. 농약과 화학비료를 사용하지 않았다고 해서 영양의 측면에서 더 뛰어난 건 아니다.

흔히 친환경 농산물을 학교 급식에 사용하는 것이 아이들의 건강을 위해서라고 한다. 그렇지 않다. 유기농 농산물이 아이들의 건강에 좋은 건 당연하지만, 이보다는 지속 가능한 농업을 위한 토양과 환경의 중요성을 알리기 위한 교육 차원으로 접근하는 것이 옳다.

그렇다. 유기농 식품과 우리 농산물을 소비해야 하는 이유는 미래의 환경과 우리 농업의 지속 가능성을 높여 주기 때문이다. 그래야 아이들의 건강도, 미래도 보장할 수 있다.

따라서 유기농 소비는 나의 건강을 위한 것만이 아니라 환경을 위한 투자이고 미래 공동체를 위한 기부다. 이 정도는 알고 유기농을 소비하자.

(?)

"장을 보며 기부할 의향이 있나요?"

배달

해 먹는 사람이 가장 잘 사는 사람인 시대다. 그만큼 시간과 마음, 그리고 공간의 여유가 있어야 스스로 해 먹는 먹거리를 마련할 수 있는 시대가 되었기 때문이다.

잘 정리된 주방, 가지런히 놓여 있는 양념통과 조리도구들.

누군가의 요리하는 모습이 멋져 보이는 건 대부분 사람들이 갖추지 못한 감각적 요리공간과 정리하는 기술을 그들이 갖고 있다는 생각 때문이다. 그런 공간과 기술을 갖고 있지 못하다고 생각하는 사람들에게 해 먹는 것은 어느 순간부터 귀찮고 번잡스러운 일이 되었다.

과거에는 사 먹는 것이 돈이 있어야 행할 수 있는 특권이었다면, 지금은 사 먹는 것이 대중화되었다. 해 먹을까, 사 먹을까 고민하다 이제 하나가 더 붙었다. 시켜 먹는 것이다.

가장 건강하게 먹는 방법의 순위를 매겨보면, 첫째가 '손으로 해 먹는 것', 다음으로 '발로 걸어가 먹는 것', 마지막이 '손과 발을 쓸 수 있는데 가만히 앉아서 시켜 먹는 것'이다.

다른 것도 아니고 먹기 위해 손발 쓰는 것에 인색하지 말자.

"식사를 위해 얼마나 자주 손가락만 움직이고 있나요?"

맛집

나는 맛집을 찾아다니지 않는다. 맛을 위해 줄 서서 기다리는 일은 절대로 하지 않는다. 대중적인 입맛에 맞는 맛은 사실 내 맛은 아니라는 고집 때문이다.

맛집은 밑반찬보다 늘 대표 음식 중심이다. 사실 맛은 밑반찬에 담겨 있다. 그래서 그 집의 장맛을 중시하는 것이고, 그 집의 김치 맛이 중요한 것이다. 이러한 다양한 맛이 사라지고 평균적인 맛이 주목받는 시대다.

우리는 왜 대중적인 맛집을 찾기 시작했을까? '우리 집 맛'이 사라졌기 때문이다.

우리 집 맛이 사라지자 맛집이 등장했다. 누군가의, 혹은 누구나의 맛을 내는 식당이 맛집이 된 것이다. 평소에 집에서 아무렇게나 먹던 맛없는 맛이 진짜 맛인데도.

우리 모두에게 존재했던 우리 집 맛은 이제 사라졌다. 대중적인 사람의 입맛을 맞추기 위해 맛의 깊이는 사라진 지 오래다.

맛의 깊이를 찾는 사람은 까다로운 사람이 되었다. 깊을수록 평균과 거리가 멀어지는 이치가 맛에 적용되는데 그리 오랜 시간이 걸리지 않았다.

별것 아닌 것 같아서 모두가 버린 맛을 지킨 사람들이 오히려 큰돈을 버는 것도 그 때문이다. 그들은 그냥 우리 집 맛을 지킨 것뿐이다. 누구나 갖고 있었지만 대부분 지키지 않았기 때문에 남은 소수가 가치를 갖게 되는 것은 시장경제적으로도 당연하다.

우리는 어렵게 지켜 온 그 소중한 우리 집 맛의 가치를 모른 채 자발적으로 모두 던져 버리는 어리석음을 저질렀다.

어머니 손맛, 아버지 입맛이 얼마나 소중한 유산인지 뒤늦게 깨달았지만, 이미 연로한 그분들의 혀도 옛 맛을 기억하지 못하고, 손도 힘이 빠져 옛 맛을 내지 못한다.

지금 입맛에는 맛없다 느껴질지 모르나 우리 집 맛을 찾는 노력과 맛집 찾는 노력을 비교해 보니 민망함만 남는다.

(?)

**"맛집을 검색하고 다른 사람의 별점에
내 입맛을 의존하고 있나요?"**

빵

건강검진을 받아 보면 결과표 마지막에 쓰여 있는 공통된 문장 하나가 있다. 특별한 질환이 없어도 규칙적인 식습관을 유지하고 밀가루 음식은 피하라는 내용이다. 그런데 현실은 빵 중독 세상이 되고 있다.

빵으로 식사하는 문화, 특히 아침 식사를 빵으로 해결하는 데 익숙해진 시기는 1988년 서울 올림픽 때 같다. 당시 미국 농무부 산하 소맥협회가 국내 제과 및 호텔 업체를 대상으로 밀가루 소비 촉진 캠페인을 벌이면서 막대한 자금을 후원했기 때문이다.

새로운 소비문화를 조장하기 위해 매우 공격적인 캠페인을 전개하였는데, 그 당시 사용했던 문구 중 건강을 강조하는 어휘가 유독 많았다. 이른바 '건강 쿠키 소비자 캠페인'을 전개하면서 아침을 쿠키로 먹자고 촉구했던 게 그 대표적예다.

빵으로 하는 식사는 원래 빵의 고소함, 담백함 등 호밀의 심심한 맛을 기반으로 다른 식료품을 함께 섭취하는 것인데 빵 그 자체만으로 사람의 입맛을 유혹하려다 보니 다양한 모양새와 맛의 조합만으로 그냥 단맛을 내는 빵이 맛있는 빵이 되어 버렸다.

이렇게 달콤한 맛, 단 빵이 빵의 대세가 되다 보니 그냥 원래 평범한 빵 같은 빵을 만드는 몇몇 곳이 오히려 맛있는 빵집이 되어 버리는 웃픈 현실과 마주하게 된다.

빵 모양을 한 달콤한 간식이 빵 행세를 하게 된 것이다. 조금 덜 달고 약간의 재료만 더하면 그 빵이 곧바로 건강한 먹거리로 인식되는 것도 이 때문이다.

빵은 그냥 빵이다. 건강을 위해 먹자는 것은 오히려 너무 과장된 표현 아닐까. 빵을 너무 좋아하면 빵빵한 배도 감내해야 한다. 재료는 거의 같은데 온갖 모양과 맛을 강조하는 빵을 보니 세상이 보인다. 우리에게 익숙한 달콤함을 품고 있는 세상.

"매일 달콤한 빵을 먹고 있나요?"

소식

한 학생이 뷔페 식당에서의 아르바이트 경험을 말해 주었다. 너무 많은 음식이 버려지는데, 특히 '마지막 접시'에 음식이 많이 남겨진다고 했다. 배부른 상태에서 담아낸 접시의 민낯 같은 느낌이 들었다. 먹는 것에 대한 탐욕의 상징이 그 학생이 말한 마지막 접시 같았다.

음식을 먹는 그 장소와 시간, 음식을 조리한 사람에 대한 존중과 감사함이라는 가치는 망각한 채 눈앞에 놓인 음식과 거래하듯 돈을 낸 만큼 먹어야 한다는 생각, 이 생각이 결과로 나타난 것이 마지막 접시다. 음식을 버리기 직전까지 먹겠다는 의지가 담겨 있는 것 같다. 그 마지막 접시에 담긴 음식은 선택받은 쓰레기나 마찬가지다.

소화제 광고에 단골로 등장하는 '과식 소화불량에'라는 문구가 떠올랐다. 내 몸이 소화할 수 없을 만큼의 음식을 먹는 게 불편하게 느껴졌다. 절제된 식사는 많이 먹지 말자는 게 아니다. 먹을 만큼 잘 먹되 남기지 말자는 거다.

맛있는 음식을 많이 먹어야 한다는 강박관념이 대중의 절대적인 기준이 되는 순간, 음식과 쓰레기의 경계 또한 모호해진다.

맛있고 화려한 음식을 바라보지 말고 소박한 몇 가지 반찬에 담긴 소중함과 그 맛의 깊이를 음미하는 게 중요한 이유다.

어르신들은 나이가 들수록 입맛이 없어 소식한다고 하신다. 그런데 입맛보다 그냥 소화할 수 있을 만큼 드시는 것이다. 내 건강이 감당할 만큼의 겸손한 식사다. 젊은 시절에는 해당되지 않겠지만 대신 남기지 않을 만큼 마음껏 먹는 연습이라도 해 두시라. 남기지 않고 먹다 보면 점점 더 적은 양의 식사와 마주하게 된다. 그러면 식재료 하나, 그릇 하나, 수저 하나가 눈에 들어온다.

맛없는 것과 친해지자. 그래야 담백한 맛을 알 수 있다. 맛 전문가가 내뱉는 풍미 가득한 수사보다 찬장 구석에 놓인 옛 접시 하나 골라 그 위에 어떤 음식을 담을지 고민해 보자.

"왜 작은 접시 위에 보일 듯 말 듯
꽃 한 송이를 그려 놓았는지 아시나요?"

물

회의실 한편에 가지런히 놓인 생수병을 본다. 남반구의 환상적인 섬과 유럽 어느 한적한 마을에서 온 물이다. 회의하는 곳의 위상에 따라 마시는 물에도 현격한 차이가 있음을 자주 목격하게 된다.

물의 성분 차이는 일부 존재한다. 하지만 그 물을 담고 있는 브랜드만큼 차이가 나지는 않는다. 가격을 일반 수돗물과 비교하면 1,000배 넘게 차이가 나는 것도 있다.

마시는 물 시장에서 우리는 1,000배가 아닌 그 이상의 대가라도 지불할 준비가 되어 있는 것 같다. 그러면서도 식당에 가면 아무 물이나 잘 마신다. 때와 장소에 따라 우리도 모르는 사이에 정말 다양한 종류의 물을 마시고 있다.

물은 아무 맛도 없다. 그게 물이다. 굳이 그 맛을 성분을 분석해 미네랄 함량의 차이에 따라 느껴지는 미세한 차이를 느껴 보려고 해도 사실상 정확한 감별은 어렵다.

물은 온도에 따라 다르게 느껴지긴 한다. 여름날 시원한 물은 청량감을 준다. 그러나 그보다 더 중요한 건 시원함을 느낄 만큼 땀을 흘렸는가, 그것이 물의 맛을 좌우하지 않을까.

물은 땀 흘린 후에 마실 때 가장 맛있다. 바쁘고 힘들 때는 물만 마셔도 맛있지만 무료하고 게으를 때는 물맛이 없고 그러다 보니 유명 브랜드로 포장된 물을 찾게 되는 것이다. 또 그러다 보니 물을 마시며 셀 수 없는 플라스틱 쓰레기만 배출하고 있다.

"진짜 물맛을 얼마나 느끼며 생활하고 있나요?"

무스 케이크

해외에 연구차 방문하는 대학교 주변에 단골 카페가 있다. 그냥 평범한 곳인데 다른 카페와는 다르게 대부분 좌석이 '컴퓨터 사용 금지laptop free' 좌석이다. 그래서 차 한 잔하며 생각에 잠기는 여유를 즐길 수 있다. 하루는 이 카페에서 80대 노부부의 대화를 듣게 되었다.

사실 노부부는 몇 마디 말을 나누지도 않았다. 따뜻한 차한 잔씩을 주문하고 마주 앉은 노부부의 테이블에는 아주 작은 무스 케이크 한 조각이 놓여 있었다.

각자 포크를 손에 쥐고 그들은 감탄사를 연신 내뱉었다. 곱고 뽀얀 무스 케이크를 들여다보면서 이마를 맞대고 너무아름답지 않냐고 서로에게 물으며 행복한 눈빛을 나누었다.

서로 먼저 맛을 보라며 권하기를 몇 번, 할아버지가 포크로 콩알만큼 떼어내 맛을 보니 할머니는 그보다 더 작은 크기만큼 떼어낸다. 입안에서 녹아내리는 크림이 주는 감미로운 맛에 탄복한 표정을 지으면서 노부부는 무스 케이크를 입이 아닌 눈으로 맛보고 있었다.

차 한 잔 나누는 한 시간 동안 한 입 베어 물면 그만일 작은 무스 케이크 하나를 족히 수십 번의 포크질로 맛본 후 지팡이를 짚고 일어나 나가면서 얼굴에 행복감을 감추지 못한다. 노부부가 무스 케이크 하나를 먹는 동안 나눈 대화는 모두 이 무스 케이크에 관한 것뿐이었다.

너무 예쁘고 맛있다는 감탄사가 전부였다. 그들이 그토록 작은 것에 감탄하면서 감사한 건 작은 것들이 주는 기쁨이 무엇인지를 알고 있기에 가능한 일 아닐까.

80세가 넘어서도 부부가 함께할 수 있는 시간, 지팡이에 의지는 하지만 다른 이의 도움 없이 걸을 수 있는 근육, 차 한 잔과 케이크 하나를 내 돈 내고 먹을 수 있는 여유.

사람에 대한 원망이나 과거에 대한 회한이 아닌, 현재 눈앞에 놓인 케이크 한 조각에 집중하는 것 이상의 사치가 또 있을까.

너무나도 당연한 그저 그런 일상과 무료한 생활도 세월이 가서 노년이 되면 기적 같은 일상으로 탈바꿈할 수도 있는 게 인생임을 미리 보게 되었다. 노년의 무스 케이크 한 조각이 젊을 때 남들에게 내보이고픈 화려하고 멋진 그 어떤 것보다 가치 있겠구나 하는 생각도 들었다.

미디어에서 심심찮게 졸혼을 이야기하고 부부 관계를 경시하는 것을 당연시하는 풍토가 만연하다. 나이가 든다고 갑자기 세상 즐거움과 등질 수 있겠는가. 오히려 누구나 좀 더 달콤한 인생을 염원하기 마련이다. 인생의 달콤함은 80대 노부부가 무스 케이크 한 조각을 바라보던 달콤한 눈빛 아닐지. 그래서 이렇게 묻고 싶다.

"인생의 달콤함은 두 사람 사이에 놓인
무스 케이크 하나면 충분하지 않을까요?"

주
住

독서　책꽂이　환기　공간　식탁　반려견

독서

독서 습관이 급속히 사라지고 있다. 이유는 자명하다. 볼 것이 많아졌기 때문이다. 더욱이 편하게 볼 수단도 널려 있다. 상상하고 해석해 보는 등 머리를 쓰면서 읽지 않고 눈으로만 봐도 이해가 되는, 눈에만 의존하는 볼거리 천지다.

최첨단 스마트 기기는 가독성을 높인다는 논리로 디스플레이의 밝기, 선명도 그리고 잔상 문제 등을 개선하는 데 총력을 쏟고 있다. 그런데 이들 스마트 기기가 지향하는 마지막 목표 지점은 우리가 오랫동안 익숙하게 보아 온 책, 신문 등 종이 매체의 느낌을 최대한 가깝게 재현하는 것이다. 실제의 사물을 눈으로 직접 보는 것 같은 느낌, 그 이상은 사실 존재할 수 없음을 의미하는 것이다.

디지털 기기와 아날로그 책 사이에는 근본적인 차이가 존재한다. 독서는 필연적으로 '흡광吸光'을 필요로 하는 가장 자연적인 인간의 행위에 속한다. 인쇄 매체는 주변의 빛이 필요하고 주변을 밝혀야 읽히는 매체다. 스스로 빛을 내지 않기에 주변을 의식하게 하는 부가적 기능도 갖고 있다. 반면 스마트라는 수사修辭로 포장된 매체는 속성이 전혀 다른 '발광發光' 매체다.

스스로 강력한 빛을 발산함으로써 수용자의 주의를 끌어

들이는 방식이다. 발광 매체들은 강력한 네트워크 시스템을 통해 멀리 있는 사람들과의 연결을 용이하게 만드는 듯 보이지만 실제로는 바로 옆, 주변 사람들과의 관계를 분리해 놓기도 한다. 주변보다 더 강한 빛을 발산하는 매체의 속성과도 무관치 않다.

이런 발광현상은 사람을 수동적으로 매체에 종속시킨다. '매체 중독'이라는 말이 생겨난 것도 발광 매체가 등장한 이후다. 이에 반해 책은 수많은 감성적 속성을 품고 있다. 최근 우리 주변에서 흔히 보는 강한 자기주장과 이로 인한 대립과 불통은 대부분 발광 매체를 그 매개수단으로 한다. 발광 매체에 의존하는 소통은 자칫 철저한 자기중심의 소통을 통해 남에게는 '발광發狂'하는 모습으로 비칠 수도 있다.

흡광의 인쇄 매체를 통한 독서는 단순한 책 읽기가 아니다. 책을 읽기 위해 밝혀진 주변을 돌아보며 공감을 나누고 자신의 내면과 소통하는 행위다. 매체 진화의 흐름을 거스를 수는 없지만, 그 과정에서 필연적인 부작용을 최소화하는 것은 독서만이 가능한 역할이다.

"가끔은 종이책을 읽고 있나요?"

책꽂이

매 학기가 끝나고 나면 교수 연구실 복도 한쪽 켜켜이 쌓여 있는 책들과 만나게 된다. 은퇴하는 선배 교수님들의 방 정리 때문이다. 30여 년 동안 교수 연구실 책꽂이를 채우고 있던 책들 대부분이 버려진다. 이렇게 한꺼번에 정리하면 버리는 것이 된다. 버리기가 아닌 비우기가 필요한 이유다.

버려지는 책들을 보면서 나는 책꽂이 채우기가 아니라 책꽂이 비우기를 위해 애쓴다. 무관심과 욕심은 책꽂이를 채우게 만든다. 하지만 한 권씩 살피는 관심과 나눔의 마음은 누군가에게 내 책을 선물하고 의미 없는 책은 정리하게 해준다.

책꽂이 비우기를 하고 나면 빈 책꽂이의 한 칸 한 칸과 대면하게 된다.

대중매체에서 자신의 서재를 뽐내는 지식인들의 모습을 흔히 볼 수 있지만 늘 책이 인테리어 소품이 되었다는 느낌을 지울 수 없다. 그 거대한 공간 속에 놓인 한 개인을 보면서 부러움도 있었지만 결국 시간을 두고 생각해 보면 수많은 책을 쌓아 둔 서재는 자칫 스스로가 권력화한 지식을 보여 주기 위한 상징 같다. 책을 소유의 대상으로 생각한다. 책이 아닌 읽고 난 생각을 소유하는 것이며, 읽은 책은 나누는 것이 더 맞는다.

읽지 않는 책이 수백 수천 권 꽂혀 있는 책꽂이보다 읽고 있는 단 한 권의 책이 놓인 소박한 책상이 더 소중하게 느껴지는 것도 이 때문이다.

책꽂이 비우기를 하고 나면 작은 책상 위에 놓인 책 한 권이 더욱 사랑스럽다.

⑦

"책을 쌓아만 놓고 있지는 않나요?"

환기

건강에 더 많이 관심 두고 안전을 위해 부지런히 애쓴 분들에게 닥친 불행한 사건을 떠올리면 생각나는 것이 가습기 살균제다. 그 사용 기간과 사용량에 차이가 있다뿐이지 1990년대 후반부터 2000년대 관련 제품을 구매했던 지인을 만나기란 어렵지 않다.

"나도 가습기 살균제 사용해 봤어"라며 가슴을 쓸어내리는 모습. 그 가슴 쓸어내림에는 안도가 아닌 피해자의 고통에 함께 분노하고 공감하는 마음이 고스란히 담겨 있다.

십수 년이 흐른 뒤에도 관련 소송이나 보상에 관한 보도를 접하다 보면 아직도 가슴 답답함이 느껴진다. 안전과 위생, 건강을 담보한다는 수많은 제품 홍보에 무방비로 노출된 힘없는 내 모습이 느껴지기 때문이다.

나도 가습기 살균제를 구매했었다. 오히려 부지런하지 못해 조금 사용하다 구석에 처박아 두었던 먼지 쌓인 제품이 아직도 생생하게 기억난다.

그 기억이 채 가시기도 전에 주위에서는 "공기를 닦아내라"는 수많은 광고가 눈과 귀를 현혹한다. 마치 공기마저 맑게 해 줄 것 같은 탈취제에서부터, 심지어 여름철에는 온갖 아로마 향을 내뿜는 살충제, 모기향까지 등장했다.

다시 한 광고의 카피가 귓가에 거슬린다. 창문 닫고 환기하라는 과감한 공기청정 제품 카피다. 모든 탈취제, 방향제 그리고 공기청정 관련 제품의 설명서나 유의사항을 보면 반드시 이런 문구가 표기되어 있다.

"환기하세요."

안전과 위생에 불안해하는 나의 마음부터 환기해야 할 것 같다. 그냥 하루 한 번 창문 열고 숨 한 번 크게 쉬어 보자.

(?)

"창문을 열고 환기하고 있나요?"

공간

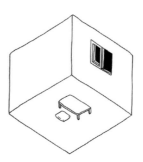

대학 도서관 로비 구석에 넓은 공간이 비어 있었다. 늘 그 앞을 지나다니며 저 공간은 무언가 아이디어를 나누는 논의의 공간으로 쓰이면 좋겠다고 생각했다. 그리고 얼마 지나지 않아 그곳에 차세대 산업 육성을 의미하는 간판이 하나 걸렸다. 자세히 살펴보니 혁신의 상징과 같은, 한 인물의 이미지로 한쪽 벽면이 꾸며져 있었다.

그 공간을 이용하는 학생들에게 그 인물의 철학을 강요하는 듯했다. 누군가의 얼굴 이미지를 장식하고 영웅시하는 순간 그를 벗어나기 힘들다는 것을 알았다면 그 공간을 꾸미는 방법도 바뀌었을 것이다. 그 인물의 생각과 철학을 해당 공간에서 전달하고 싶었다면 이미지가 아닌 본질적인 요소로 접근하는 것이 옳았다.

그 공간을 최첨단 제품을 판매하는 매장보다 더 단순하고 깔끔하게 정리하고 비워 두는 것이 효과적이다. 벽면은 그냥 비워 두고 누군가 나름의 상상을 그 벽에 투영시킬 수 있는 넛지nudge 요소만 살짝 놓아두었어야 한다.

누군가를 닮고 싶다면 그 사람의 말이나 얼굴로 벽을 꾸미기보다 그의 생각과 철학을 그대로 실천으로 옮기는 것이 더 맞기 때문이다. 공간은 자신과 만날 수 있도록 도와주는 곳이다. 그냥 비우고 바라볼 때 생각할 수 있고, 생각할 때 바로 자신을 만날 수 있다.

공간이 존재하는 이유는 자기 생각을 수렴시키고 발산토록 하기 위함이다. 공간을 그대로 비워 두고 대신 작은 전신 거울 하나를 소박하게 놓아두었다면 가장 멋진 곳이 되었을 것이다. 그리고 그 공간에서 누구든 아이디어를 발산하는 자신의 모습과 마주할 수 있도록 해 주면 그만이다. 그런데 개인적으로 보면 비우면 되니 굳이 이런 특정한 공간도 필요 없을 것 같다.

?

"자신과 마주할 수 있는 정리된 공간이 있나요?"

식탁

아파트 엘리베이터 안 모니터 광고를 보니 모 가구회사의 흠이 나지 않는 식탁을 선전하고 있다. 가족이 둘러앉아 가장 많은 이야기를 나누는 가구가 식탁이다. 식탁은 단순히 식사만 하는 곳은 아니어서 어떤 때는 아이들이 장난도 치면서 무언가로 쿡쿡 찔러 흠집도 생기고 수도 없이 음식 그릇을 옮겨 놓아 그릇이 쓸고 지나간 자국도 남게 된다. 뜨거운 냄비를 받침대 없이 올려놓아 둥그런 흉터도 있다.

식탁 위 작은 흠집이나 긁힌 자국 하나하나는 아차 하는 실수와 장난으로 아이들이 듣던 핀잔과 크고 작은 식탁 위 사고들을 증언하고 있다. 우리 집 식탁에만 있는 흠은 오롯이 우리 집 식탁임을 증명하는 표식이나 마찬가지다.

작은 흠 하나 생기지 않은 어느 고급 카페나 레스토랑 테이블이 집안 식탁이라면 삶의 멋이 덜하지 않을까.

그리고 세월이 흘러 북적이던 식탁 위 자리가 하나하나 비워지고 또 가끔은 채워지기도 하면서 가족 구성원 중 어느 누군가는 그 식탁에 앉아 식탁 위 길게 파인 한 줄 흠 속에서 자신의 고독에 대한 위안을 찾을 것 같기도 하다.

새것만을 좋아하고 작은 상처 난 것은 가차 없이 버리는 현실 속에서 깔끔하게 닦아서 사용하는 물건의 가치를 알아

가야 할 때다.

"익숙한 홈과 흠집이 많은 식탁 위에서 식사하고 있나요?"

반려견

어린 시절 작은 마당이 있는 집에서 키우던 반려견을 기억해 본다. 70년대 말에서 80년대 초까지 치와와 한 마리가 어린 시절부터 한 생을 마감할 때까지 우리 집 식구들과 함께 했다. 동물병원에서 이제는 떠날 때가 되었다는 진단을 받고 집으로 데려온 뒤 자기 집에서 시름시름 앓다 눈을 감았을 때 펑펑 울었던 기억은 지금도 생생하다.

마당이 있던 조그만 단독주택을 떠나 아파트로 이사 온 이후에는 한 번도 반려견을 키우지 않았다. 몇 번의 유혹도 있었지만 매일 자유롭게 산책시킬 장소를 주변에서 찾을 수 없어 포기했다.

마당 있는 집에서 유별나지 않게 개를 키우던 과거에는 이른바 반려견 산업이라는 말이 없었다.

시장이 형성되면서 반려견을 소유의 대상으로 규정하고 사람의 욕심을 자극하는 인식도 늘어났다.

강아지를 판매하거나 미디어를 통해 정보를 제공하는 일부 전문가들은 어떤 개도 다 키울 수 있다는 막연한 확신을 주고 있다. 강아지 판매상들은 동물 사랑을 말하면서도 동물을 프리미엄급, 최상위 1%급 등과 같이 분류해 거래한다.

사회화라는 멋진 어휘를 반려견에게 부여하지만 결국 사

람 공간에 적응토록 하기 위함이다. 답답하고 작은 공간에 익숙해지도록 하는 훈련이나 다름없다.

심지어 활동성이 높거나 몸집이 큰 반려견을 아파트 같은 닫힌 공간에서 키우는 사람도 많아졌다. 목줄을 하고 하루 한 번 산책을 시킨다 한들 그 반려견이 평생을 감당해야 할 갑갑함의 정도는 상상하기 힘들다. 우리 개는 작아서 아파트에 적합하다는 말도 그냥 사람 생각일 뿐이다.

목줄은 기본이지만 목줄을 풀고 밖에서 뛰어놀 수 있는 시간도 있어야 한다. 흙을 밟고 목줄 없이 자유롭게 뛰어다닐 수 있는 공간, 주인과 교감을 통해 사회화될 수 있는 충분한 시간을 확보할 수 있는 상황에서 반려견을 키우는 것이 맞는다.

공간과 시간이라는 두 가지가 부족하다면 반려견을 키우는 것이 아니라 키우지 않고 인내하는 것이 동물복지 실천이다. 반려견은 소유하는 것이 아니라 삶을 공유하는 가족과 같은 존재이기 때문이다.

바쁜 일상과 아파트가 빼곡히 들어선 도심 속에서는 작은 공원조차 찾아보기 힘든 게 오늘날의 현실이다. 그런데 반려견 인구는 늘어나고 있다. 안타깝게도 유기견도 급증

하고 있다.

쇼윈도 속 강아지를 바라보기 전에 나 자신의 모습을 바라볼 필요가 있다.

(?)

"시간과 공간을 확보하고 반려견을 키우고 있나요?"

인
人

자성 선전 셀럽 키 대화 배려 목소리 남의 말
인플루언서 단골 걷기 눈물 소통 성장 시력 노화

자성

대중을 자극하는 가장 강력한 수사 중 하나가 사람을 강조하면서 바로 당신이 주인공이라는 주장들이다. 이 주장에는 반드시 성찰적 자아 탐색이 전제되어야 한다. 진정한 의미의 사람 중심은 자기반성을 통해 실천하는 자들의 공동체에서만 가능한 것이다.

그런데 자기반성을 요구하면서 당신이 중심이 될 수 있다고 하면 누구도 관심을 기울이지 않는다. 그냥 지금 당장 중심이고 주인공이라고 해야 끄덕인다. 그래서 진짜 주인공을 만들기는 쉽지 않다.

그 결과 자기 모습 속 온전치 못함은 보지 못하고 자신이 주인공이라는 달콤하지만 공허한 주장에 현혹되는 현실이 연출된다. 본질은 변한 게 없는데 자신이 주인공이라고 착각하게 된다. 이런 착각 속에 빠지다 보면 사람이 주인공인 세상이 아니라 통제의 주체가 주인인 사회에 놓이는 상황을 맞게 된다.

수많은 기술, 수치화된 실적, 자본 등을 통제하는 누군가 만들어낸 결과물이 사람보다 중시되는 순간 맞게 될 수많은 문제를 경계해야 한다. 이를 위한 실천은 자신이 가진 가치에 관한 생각을 바꾸는 것이다. 무엇보다 일상이 된 상식과 삶의 가치를 바라보는 유연한 태도가 필요하다.

모두가 정치에 관심을 가져야 한다고 할 때 오히려 정치 대중으로부터 독립해야 한다. 비판을 위한 감성적 저항이 아닌 감시를 위한 이성적 침묵의 힘도 깨달아야 한다.

정치 대중은 늘 정치적 해석을 하고 현실적 타협으로 마무리한다. 개인이 현실과의 타협에서 벗어날 때 스스로 존재감을 회복할 수 있다.

진정한 사람 중심 일상이란, 왜곡된 소통, 비상식적인 설득, 특정한 이익을 위한 공포 조성, 비이성적 구호 등으로부터 자신을 보호하는 개인이 많아질 때 가능하다.

스스로 보호하는 방법은 단 하나다.

물질 중심 사회에서 쏟아내는 소통의 그물에서 벗어나는 것이다. 세상은 늘 사회가 주목할 만한 쟁점의 그물, 공포의 그물, 행복의 그물을 쳐 놓고 자발적으로 그 안에 들어가는 것이 가장 합리적 결정이라고 당신을 몰아가기 때문이다.

"당신의 당연한 일상에 물음표를 던지고 있나요?"

선전

멀쩡한데, 먹을 것 많은데, 옷장이 꽉 찼는데…….

왜 버리니, 왜 또 사니, 왜 사 먹니?

누군가의 잔소리 같지만 매일 이어지는 소비의 순간 자신과의 대화 내용이다.

왜 마음에서 이렇게 갈등하게 될까. 과거보다 더 강력하지만 보이지 않는 광고 환경에 노출되어 있기 때문이다.

모든 것이 투명한 시대에 무슨 광고에 그리 휘둘릴 일이 있느냐고 말할 수도 있다. 하지만 앞으로 우리는 더욱더 지독한 광고에 직면하게 될 것이다.

제품이나 서비스를 판매하려면 필연적으로 대중을 자기 정당화의 덫으로 유인해야 한다. 누군가로부터 끊임없이 유혹당하는 시대인데, 그 출처가 불분명한 정보, 의도가 숨겨진 추천 등은 한 개인이 분별해 내기에 분명 한계가 있다.

개인은 어쩔 수 없이 자신이 당한 유혹을 정당화하고 그로 인한 행동 변화를 긍정적으로 해석하게 된다. 개인은 일상생활에서 스스로의 이러한 행동을 감지하고 끊임없는 경고 신호를 지인들과 주고받아야 한다.

왜 부자가 될 수 없는가. 부자는 단순히 돈을 많이 번 사람이 아니다. 부자가 되려면 돈을 벌기 이전에 가치 있는 소비를 할 수 있어야 한다. 제대로 돈을 쓰는 법은 단순히 돈을 아끼는 것과는 다르다. 소비와 투자에 대한 광고는 넘쳐나지만 가치 있는 소비에 관한 광고는 없다.

자기를 정당화하기 위한 온갖 수사를 소중하고 선량한 정보로 받아들이고 있지는 않은가? 멀쩡한 것을 버리고 사고, 사고 또 사고, 버리고 또 버리고를 반복하는 자신에게 반문할 일이다.

(?)

"당신의 마음을 움직이는
선한 메시지를 경계하고 있나요?"

셀럽

누가 무엇을 말했는지에 주목하는 시대다. 우리는 그들을 유명인, 다른 말로 '셀럽'이라고 부른다.

그 유명인들은 광고에 출연해 소비를 권장한다. 셀럽을 단순히 추종하고 선호하는 것은 개인에게 아무런 가치가 없다.

대중적 셀럽이 아닌 자신만의 셀럽을 찾아야 한다. 자신만의 셀럽은 실질적인 의견을 제공하는 사람이다. 그래서 우리는 오랜 시간에 걸쳐 쌓은 지식과 경험을 통해 차별적 의식, 독창적 행위, 강한 의지, 그리고 공익적 실천을 제공하는 사람을 의견 지도자라고 한다.

의견 지도자에게 부여되는 것이 사회적 권력이다. 그 권력은 오롯이 대중 한 명 한 명의 시간이 쌓여 형성되는 권력이다. 다시 말해 각 개인이 시간을 투자한 결과다. 시간을 투자할 만한 가치가 있는 셀럽은 사회에 필수적인 존재다. 이들에게 시간을 투자한 개인에게 명확한 롤 모델을 제시함으로써 생산적 지식의 선순환을 창출하기 때문이다.

하지만 본질이 아닌 이미지라는 허울로 포장된 셀럽이 넘쳐나게 되면 그 피해는 고스란히 개인에게 돌아가게 된다. 허위공시를 한 기업에 돈을 투자한 것과 같다.

이미지만 번지르르한 셀럽은 각 개인이 커뮤니케이터로

진화해 나가는 길목에 비정상적인 장애물을 쌓아 놓는다. 단순한 추종자들만 양산해 불필요한 사회적 갈등, 또는 무의미한 소비만 남기게 된다.

셀럽을 평가하는 기준은 지금 나 자신이 그로 인해 어떤 가치 있는 변화를 경험하고 있는가에 달려 있다. 그 가치 있는 변화란 그와 함께 공유하고 있는 시대의 문제는 무엇이며, 그를 통해 나는 어떤 실천적 과제를 갖게 되었는가에 달려 있다.

"당신의 깨어 있는 의식 속에 자리 잡은 셀럽이 있나요?"

키

키 큰 순서대로 번호를 부여하던 어린 시절을 생각해 보니 두 자리 숫자 번호를 부여받은 기억이 없다. 언제나 그렇듯 부모는 자녀의 키를 키우기 위해 집착한다. 자기 키는 아랑곳하지 않고 이상적인 수치를 정해 놓고 이를 달성해야 할 목표로 간주한다.

이런 집착은 늘 틈새시장을 창출한다. 사람이 집착에 빠지면 돈을 쓰는데 너그러워지기 때문이다. 그 대표적인 제품이 '아이 키 성장 기능식품'이나 '키 성장 한약' 같은 게 아닐까 싶다.

한 제품 광고의 주장을 보니 실험 집단을 설정한 후 특정한 기능식품 섭취 여부에 따라 0.2~0.3mm 차이가 있었다는 실험 결과를 대대적으로 홍보한다. 얼핏 내용만 보면 무조건 이 기능식품을 구매해야 할 것 같지만 조금만 생각해 보면 코미디 같은 주장이다.

특히 실험 결과가 모든 사람에게 같게 나타나는 것은 아니라는 보일 듯 말 듯 한 안내 문구는 차라리 민망하다고 말해야 옳다.

남보다 키가 좀 더 크고 싶다는 욕망이 경쟁사회의 단면을 명확히 보여 준다. 하지만 부모들이 키라는 물리적 척도로 남보다 앞서야 한다고 어린 자녀들을 압박하는 것이 정말 큰 사람을 만드는 것일까.

클 때 되면 다 크기 마련인데 키 크는 것만 고민하다 아이의 마음을 키우는 일을 놓치고 있지는 않는가? 부모가 키워 줄 수 있는 건 키가 아니라 마음이다.

진짜 사람을 크게 하는 것은 무엇인가.

부모들은 자녀들의 키를 크게 하려고 애쓰는 대신 그냥 함께 땀을 내면서 운동하면 된다. 운동하면서 함께 나누는 생각과 시간이 아이를 키우는 진짜 영양제다. 입 다물고 함께 트랙을 달리고 공을 주고받고 수영을 하고 산을 오르면서 마음을 키워 주자.

내 아이의 장래가 소중하다면, 남이 만든 식품에 의존하지 말고 가장 단순한 신체적 활동부터 자녀들과 함께 하는 게 맞다. 마음의 키도 덩달아 크게 된다.

"지금 크고 있는 아이들과 함께 운동하고 있나요?"

대화

카페 주문대에서 어르신 한 분이 손자뻘 되는 바리스타 청년과 대화를 나누고 있다. 커피 원두와 추출법을 선택하라고 하니 연세 드신 어르신은 이것저것 묻기 시작했다.

가만히 보니 젊은 직원은 평소 자신이 배운 매뉴얼대로 설명을 하는데 상대는 도대체 무슨 말인지 하나도 알아듣지 못하는 눈치였다. 대화를 듣는 내내 두 가지 불편한 마음을 떨치기 어려웠다.

젊은 바리스타가 원칙대로 설명하는 것은 좋지만 상대에 따라 좀 융통성 있게 쉬운 용어로 설명하고 주문을 마무리하는 게 좋을 텐데 하는 마음이 들었다. 다른 한편으로는 어르신 질문의 말끝이 짧아 왠지 모르게 불안했다. 아니나 다를까. 그 청년이 어르신에게 한마디를 정중히 건넸다.

"손님, 무슨 말씀인지 알겠는데 반말은 하지 말아 주세요." 그 말은 들은 어르신은 좀 당황한 듯 보였고 잠시 몇 초간의 침묵이 두 사람 사이에 자리 잡았다. 두 사람의 대화는 메뉴판 제일 위에 있는 커피 원두를 주문하고 추출법은 알아서 해 달라는 것으로 마무리되었다.

'제일 위의 원두와 알아서 추출법'같이 얼토당토않은 메뉴는 두 사람의 대화가 낳은 보이지 않는 답답함과 갈등의

산물이다.

대화 내내 각자의 상식으로만 상대를 바라보고 있었다. 나는 배운 대로 말했다. 내가 살아온 방식대로 상대를 대했다. 지식과 경험만으로 사람을 대하는 것의 한계를 보여 준다.

대화는 맥락 속에서 상대를 배려하는 마음을 나누는 것이다. 그렇기에 용어의 선택도 달라져야 하고 나이가 어린 상대에게도 늘 존대해야 한다.

이렇게 쉽게 설명하는데 이것도 모르냐고 황당함을 표시하는 사람, 나이가 어린 사람에게 반말하는 것이 당연하다고 여기는 사람. 이 두 사람이 만났으니 어색한 대화는 예정된 결과였다. 그런데 세상에는 이 두 유형의 사람뿐만 아니라 자신의 지식과 경험만으로 대화하는 사람이 너무 많다.

말이 서로에게 얼마나 많은 상처를 줄 수 있는지 모른 채 상대의 마음에 생채기를 내고 있다.

가끔은 그냥 고개를 끄덕여 주고 몰라도 아는 척, 알아도 모르는 척하는 게 필요한 이유다.

"자신의 지식과 경험만으로 당당히 대화하고 있나요?"

배려

늘 사람 앞에 서서 이야기하는 직업이다 보니 적어도 2~3주에 한 번 단골 미용실을 가게 된다. 소비 활동 중 다른 사람의 손을 가장 많이 필요로 하는 것이 머리 손질이다.

내가 가는 단골 미용실이라는 곳도 기업화되어 전국 매장을 운영하고 있다. 그런데 산업이 대형화되고 경쟁이 치열해지면서 서비스도 매우 다양해졌다. 음료와 다과도 제공하고 커트 전후로 한 번씩, 두 번 머리를 감겨 주기도 한다. 나름대로 서비스 마케팅을 좀 한다는 미용실은 커트 후 머리를 감겨 줄 때는 두피 지압이라는 것도 해 준다.

머리를 감겨 주는 직원에게 지압과 같은 부가 서비스는 생략해 달라고 말한다. 서비스를 제공받는 손님이 아니라 잠시 누군가에게 휴식을 제공해 주는 손님도 필요하다. 직원의 말에 따르면 100명 중 한 명 정도는 손 아플 테니 생략하라고 말해 준단다.

자기 돈 내고 받는 서비스인데 왜 그걸 안 받느냐며 오히려 이상한 사람이라는 핀잔을 들을 수도 있다. 한마디로 다른 사람 배려해 준다며 혼자 멋진 척하지 말라는 거다.

사실 낸 만큼 받는 것이 맞는다. 자동차 기름은 낸 만큼 채워야 하고 음식은 낸 만큼 남기지 말고 먹는 것이 옳다. 그런데 같은 값을 지불하고도 반 공기 공깃밥을 찾기도 하고 기부를 위해 피자 박스에 담긴 반쪽 피자를 한 판 가격에 주문하기도 한다.

미용실에 커트를 하기 위해 온 것이니 두피 지압은 부가적인 서비스가 분명하다. 두피 지압은 한마디로 덤이다. 손님을 끌기 위한 이 덤은 단순히 상대의 호의다. 이 호의에 호의로 답하는 것, 별것 아닌 것을 나누는 것이 배려다. 인색하지 않게 사는 방법이기도 하다.

남이 주려고 하는 것을 다시 돌려주면 따뜻한 마음을 덤으로 나눌 수 있다.

고도화된 산업사회에서 생각보다 많은 부분이, 다른 사람 손을 빌려야 하는 서비스가 오히려 더 늘어나고 있다. 배달, 청소, 정리, 빨래 등. 그러니 남의 선의와 호의에 감사하자. 돈을 지불했으니 끝이라는 생각을 당연하게 받아들이지는 말자. 레스토랑에서 식사를 하고 최대한 테이블을 정리하고 자리에서 일어나 보자. 손 하나 빌리는 것을 양보하며, 손 쓰는 것을 즐기자. 사람은 다 시간의 길고 짧음만 차이가 날 뿐, 누군가의 손을 빌려야 하는 마지막 순간을 맞게 된다. 내 손을 쓸 수 있을 때, 남의 손 좀 쉬도록 조금만 배려하자.

?

"얼마나 인색하게 살고 있나요?"

목소리

날씨가 좀 풀리거나 휴가철이 지나고 나면 얼굴에 작은 살색 반창고를 여기저기 붙인 지인들을 심심찮게 보게 된다. 중년을 넘어서면 얼굴 잡티를 제거해야 하는 시대다.

검버섯이나 흉터를 없애는 것은 미관상 보기도 좋고 자신을 그만큼 관리하고 있다는 만족감을 얻을 수 있다. 자기 관리 잘하는 사람을 남들도 다 좋아한다. 그런데 이 외모 말고 스스로 신경 써야 할 것이 하나 더 있다.

목소리다. 모두 큰 목소리로 쓸데없는 말을 늘어놓을 때 차분한 목소리로 꼭 할 말만 하는 사람, 감정을 참지 못하고 소리를 지를 때 참고 "괜찮다" 말하는 사람, 모두가 자기 이익을 위해 거짓을 말할 때 손해를 감수하고 진실을 말하는 사람. 그들의 목소리를 듣기가 점점 어려워지고 있다. 나도 예외일 수 없다. 누구에게나 어려운 과제인데 유일한 해법 중 하나가 자기 목소리 듣기 연습이다.

목소리도 변한다. 나이가 들면 얼굴에 잡티와 주름이 생기듯 목소리도 변한다. 자기 목소리가 얼마나 커졌는지, 자기의 아집에 얼마나 빠져 소리치고 있는지, 과거에 사로잡혀 불평만 하고 있지는 않은지, 목소리에 잡티와 흉터가 얼마나 많아졌는지를 알아야 한다.

늘 거울을 보면서 자기 얼굴과 마주하게 된다. 하지만 자신의 목소리를 들어 보는 사람은 별로 없는 것 같다. 방송에 등장하는 목소리 좋은 사람을 말하는 게 아니다. 잘생기고 나이보다 젊어 보이는 사람은 많은데 목소리 좋은 사람은 생각보다 많지 않다.

그래서 목소리 좋은 사람이 더 멋져 보이고 젊고 건강해 보인다. 목소리가 얼굴 잡티 몇 개쯤은 그냥 깔끔하게 덮어 버린다.

"자기 목소리를 들어 본 적이 있나요?"

남의 말

사람과의 직접 대화보다 미디어를 매개로 한 대화에 익숙해진 지 오래다. 아이들과 대화를 하다 보면 나도 모르게 내 이야기가 아니라 어디서 주워듣거나 검색해 얻은 정보로 설득하려고 한다. 당연히 아이들은 그들이 접한 정보로 반응한다.

대화를 나누다 보면 내가 보고 들은 것을 내가 알고 있는 것으로 착각하는 경우가 허다하다.

부모의 말, 자녀의 말, 교사의 말, 학생의 말 그리고 친구의 말, 이런 것보다 누군지 잘 모르는 남의 말이 더 강력한 설득의 힘을 갖게 되는 경우가 많다.

내 옆에 있는 누군가의 말과 경험을 믿어 보자. 검색 결과로 나타난 잘 모르는 사람의 말만 믿지는 말자.

그럴듯해 보이고 공감되는 글이 오히려 거짓일 가능성이 크다. 그 글에 공감된다면 듣기 싫고 반복되는 아는 사람의 말에도 공감하려고 노력하는 것이 필요하다는 신호다.

옆 사람과 대화하지 않을수록 화면 속 남의 말에 빠져들고 있는지 모른다. 화면에서 읽거나 보지만 말고 화상통화라도 해 보자.

내가 들은 남의 말이 맞는다며 서로 마주 앉아 각자 보고 들은 남의 말 옹호하기에 여념이 없다. 남의 말 속 진위에 대해 논쟁을 벌이기도 한다. 그래서 남만 좋은 세상인가 보다.

각자 자기 말 좀 하면서 그냥 모르면 모른다고 하는 말 좀 듣고 싶다.

⊙

"남의 말 들어 대충 아는 것을 모른다고 말한 적 있나요?"

인플루언서

'인플루언서가 되고 싶다'라고 말하는 학생이 늘어나고 있다. 누구나 방송을 통해 영향력을 증대시킬 수 있다는 것은 좋은 일이다. 하지만 그만큼 설익은 인플루언서의 전성시대임을 방증하는 것이기도 하다.

준비되지 않은 크리에이터는 늘 꾸며진 가짜 객관성으로부터 취약하다.

사회적 영향력을 극대화하는 유일한 목적이 정치나 자본 권력만을 얻기 위함일 수 있기 때문이다. '그냥 콘텐츠를 만들어 당신들을 즐겁게 해 주기 위해 사 보고 먹어 보고 가 보고 하는 거야'라는 주장도 그래서 순수성을 의심해 봐야 한다.

인플루언서는 수동적 수용자가 만들어 내는 사회적 영향력 양극화의 산물이다. 그들은 자신의 콘텐츠가 아니라 사실상 개개인의 시간을 투자받아 성장한다. 개개인은 콘텐츠를 통해 재미를 얻을지는 모르지만, 자신의 시간을 투자해 그들에게 실물의 자본이나 정치적 힘을 제공해 주는 것이다.

수많은 인플루언서 채널을 구독하고 정기적으로 콘텐츠를 소비하고 있다면 스스로 사회적 힘의 양극화를 초래하고 있음을 의식적으로 경계해야 한다. 어떤 인플루언서에게 나의 시간을 투자할 것인지, 왜 내가 그들에게 투자를 해야 하는지 끊임없이 자문해야 한다.

진짜 인플루언서는 나의 지성을 자극하는 사람이다. 나만의 콘텐츠를 만들도록 독려하는 누군가다. 내가 콘텐츠를 소비만 하고 있다면 이제 구독을 끊어야 할 때다.

?

"당신의 콘텐츠를 자극하는 진짜 인플루언서가 있나요?"

단골

세상살이를 하면서 내가 잘 살고 있는지를 가늠하는 잣대 중 하나가 누군가의 단골손님인지를 스스로 물어보는 것이다. 단골이란 자주 찾는 곳이 될 수도 있지만 나는 단골을 장소가 아닌 사람에 초점을 맞춰 생각한다. 어느 장소에 들렀을 때 서로를 알아보고 제대로 인사 나누는 사람이 있는 곳이 나에게는 단골이다.

단골집이라고 해서 고즈넉한 곳에 자리한 독립적인 형태의 가게만을 의미하는 것은 아니다. 일반적인 프랜차이즈 매장일 수도, 거대한 쇼핑몰 안에 있는 어떤 매장일 수도 있다. 대신 꽤 오랜 시간이 누적되면서 사람 간 관계로 만들어지는 것이 단골이다. 직원이 자주 바뀌는 곳은 당연히 단골이 되기 힘들지만, 단골의 조건은 무엇보다 서로 간의 루틴이 동일하게 반복되는 곳이다.

아무리 동네 빵집이라고 해도 내가 지나는 시간과 요일에는 늘 문을 닫거나 자기 일정에 따라 들쑥날쑥 가게 문을 여닫으면 단골이 되기 힘들다.

단골은 나만의 루틴을 이어 가고 있다는 증거다. 그래서 단골은 자기 삶의 루틴 속에 놓여 있는 작은 쉼터 같은 곳이다. 복잡한 도심 속에서 차 한 잔을 하면서도 다른 이들의 세상살이를 잠깐 엿보거나 들을 수 있는 곳이다.

서로 손님을 뺏고 빼앗는 시대에 손익계산 그 이상의 가치를 소비할 수 있는 단골을 만드는 것이 소중하다. 때로는 그곳, 그들이 나의 루틴을 지켜 주는 파수꾼이 될 수도 있기 때문이다.

요즘 어디가 뜬다고 찾아다니지 않아도 된다. 그냥 내 삶속 동선 위에 놓여 있는 대로변, 쇼핑몰 어느 가게에 나의 시계를 맞춰 놓으면 그만이다. 그러면 소중한 단골 몇 곳쯤은 쉽게 만들어질 것이다.

"규칙적으로 인사 나누고 대화하는 단골이
몇 집이나 있나요?"

걷기

새벽 시간 도심 속 주택가를 유심히 바라보면 열심히 걷고 있는 수많은 어르신과 만날 수 있다. 걸어야 살 수 있다는 가장 단순한 진리를 절박하게 몸소 실천하면서 걸을 수 있는 순간의 감사함을 간접적으로나마 가르쳐 주고 계신 분들이다.

나이가 들면 아침잠이 사라지니 아침에 걷는 것이 뭐 그리 대단하냐고 말하는 사람도 있다. 하지만 텅 빈 거리를 걷고 있는 고령의 어르신 대부분은 젊어서도 부지런한 삶을 살았던 분들이다. 그 덕에 지금도 걷고 계신 것이다.

조금만 일찍 하루를 시작한다면 수십 년 후 건강한 나를 만날 수 있다. "부지런해라"는 말보다 그냥 "지금 당신이 이 아침 어딘가를 향해 걷고 있다면 수십 년 후에도 걷고 있을 겁니다"라는 말이 맘에 좀 더 와 닿는다.

그들의 걷기에는 어떠한 변명과 이유도 없다. 비가 와도 걷고 추위가 몰아쳐도 걷는다. 새벽 차창 밖 구부정한 어르신들이 세찬 바람이 몰아치는 거리를 어눌한 걸음으로 걷고 있다.

가족 그리고 삶의 목적지를 향해 바삐 걷는 아침 시간을 갖는 이유는 언젠가는 그저 걸을 수 있는 것이 삶의 최대 목표가 되는 때를 위한 최선의 준비이기 때문이다.

"아침 일찍 일어나 어딘가를 향해 걷고 있나요?"

눈물

친한 친구나 오랜 지인, 그들과 이야기를 나눠 보면 누구나 좋은 일보다 힘든 일이 더 많다. 힘들어하는 일 중 하나가 연세 드신 부모님들의 건강과 병간호에 관한 것이다.

누가 먼저든 자기 고민을 이야기하다 보면 더하거나 덜할 것도 없이 다 비슷한 상황을 겪고 있음을 알게 된다. 그들의 힘듦 속에서 마음의 눈물을 엿보게 된다.

"행복하자 아프지 말고"라는 노래 가사도 있지만, 그것만큼 마음같이 안 되는 것이 또 있을까. 누구라고 예외일 수 있을까.

늘 아픈 가족을 생각하는 고통. 그 과정에서 부모가 남기는 유산 중 가장 위대한 것은 무엇인지 생각하게 된다.

그건 아마도 마음의 눈물이 땀이 되는 순간이 아닐까 싶다. 눈물을 흘리는 대신 땀을 흘리며 열심히 살라는 부모의 마음을 읽어 내는 것. 그 마음을 병원 침대에 누워 어떤 식으로든 전달해 주는 것. 본인이 누워 있어도 어디선가 열정적으로 살아가는 자식의 모습이 부모가 가장 원하는 모습이라는 메시지가 상호 교환되는 순간의 느낌이 위대한 유산이다.

부모 입장에서 바라보면 본인들 때문에 자식들의 삶이 방해받는 것, 본인들 때문에 자식이 눈물 흘리는 것만큼 괴로운 일은 없을 것이다. 많은 이들이 자식에게 짐이 되지 않겠다고 말한다. 하지만 짐이 되지 않을 수 없다. 짐이 되었을 때 흔들림 없이 땀 흘리며 일상을 이어 갈 수 있는 힘이 필요할 뿐이다.

노환으로 침대 신세를 져야 할 기간이 순간일지, 1년일지, 10년일지, 그 이상일지 아무도 알 수 없다. 누구든 닥친 현실을 받아들이는 수밖에 없다. 마음으로 울어야 할 시간이 때로는 10년을 넘기는 것이 한 세대와의 이별 과정이다. 그것이 일상이 된 시대와 우리는 마주하고 있다. 때로는 요양병원에 모시고 나 몰라라 한다는 얘기도 하지만 당사자는 마음으로 늘 울고 있을 것임은 분명하다.

왜 남들이 쉬고 있을 때 땀을 흘리고 있는가. 많은 이들이 본능적으로 눈물을 잊기 위해 오늘 해야 할 무언가에 더 집중하고 몰입하면서 땀을 흘린다. 눈물을 잊기 위해 땀을 흘리는 연속된 삶은 부모의 유산, 즉 마지막 가정교육이다.

당신의 기억이 사라지거나, 당신의 몸이 꼬이고 힘을 잃으면서 자식에게 눈물을 안겨 주기 마련이다. 인생은 즐기라고 있는 것이고 지금이 영원할 것 같다는 그릇된 설렘을 품게 하는 허황된 주장이 넘쳐나는 시대이기에 부모로 인해 마음

의 눈물을 흘리게 된다면 그냥 감사하자. 오늘 하루 즐기기
보다 땀을 흘리는 이유는 쉴 줄 몰라서가 아니라, 쉬는 것이
싫어서가 아니라 쉬면 눈물이 나기 때문이다.

(?)

"오늘 땀을 흘리고 있나요?"

소통

하루 동안에도 수많은 사람과 소통하며 살게 된다. 그 소통 중 가장 쉬운 것이 문제를 제기하고 누군가 해 놓은 것을 비판하는 것이다. 좀 더 쉽게 말하면 흉보기, 즉 남에 대한 험담이다. 주변에서 들리는 대화 내용 중 대부분이 그렇다. 나도 물론 예외는 아니다.

다음으로 조금 어려운 소통이 대안 제시하기다. 발전적 비판도 필요한 것이니 그럴 수 있다 치자. 문제만 실컷 말하고 끝나면 아무런 결론이 없다. 새로운 아이디어를 제시하든 개선점을 제시하든 현실적인 대안을 모색하는 소통이 무엇보다 중요하다. 그런데 대안 제시하기라는 소통을 가로막는 적이 바로 대안 없는 반복적 문제제기다. 누군가 대안을 제시하면 왜 안 되는지에 대해서만 말하는 사람이 많다. 가장 쉬운 소통을 하는 사람이 조금 어려운 소통을 시도하는 사람을 방해하는 꼴이다.

세상에서 가장 어려운 소통이 실천하기다. 실천은 최고의 소통행위다. 일단 자신의 영역에서 시도할 수 있는 무언가를 묵묵히 수행하는 소통이 바로 실천이다.

실천하는 사람을 두고 그를 평가하고 그 실천의 문제점을 지적하며 흉보는 사람도 많다. 우리는 그들을 자신을 포함한 대중에게서 본다. 반면 가장 어려운 실천이라는 소통을 하는 사람도 본다. 그가 리더다.

점점 리더를 찾아보기 어려운 세상이 되어 간다. 실천이라는 소통이 아니라 온갖 미디어 속에서 감성적 언어, 편협한 논리로 비판에만 익숙한 쉬운 소통을 하는 사람이 대중적 리더로 주목받는 시대가 되었기 때문이다.

대중적 소통을 잠시 접어 두고 실천하는 어려운 소통의 길을 채택하는 용기가 필요하다.

"공동체의 문제 해결을 위해
오늘 무언가를 실천하고 있나요?"

성장

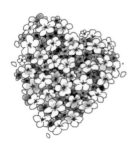

세상에 존재하지 않는 사람이 있다. 다 큰 사람이다. 어른은 수도 없이 많고 18세만 되면 이제 성인이라고 인정해 주지만 그렇다고 다 큰 사람은 아니다. 그런데 나도 모르게 학생들에게 "이제 다 큰 사람이 알아서 해야지"라는 말을 자주 한다.

신체적 성장, 즉 눈에 보이는 외형적 모습에만 집착하다 보니 그렇다. 그러나 사람을 그렇게 쉽게 평가해 버리는 건 옳지 않다.

다 큰 사람이 없는데 알아서 할 사람이 있을 리 없다. 아직도 더 많이 성장해야 하기에 주변을 보면 실수와 시행착오가 허다하다. 진짜 성장은 몸이 아닌 마음의 성장인데 이 성장은 평생 멈추지 않아야 한다.

그 멈추지 않음을 인정하고 계속 성장하기 위해 노력해야 하는데 문제는 성장을 위한 노력을 중단하는 것이다. 마음의 성장이 멈추다 보니 마음 치유, 명상 등 마음 관리 산업이 번창한다. 그런데 이런 식의 마음 관리를 위한 소비만으로 문제가 해결되지 않는다.

마음 관리가 아닌 마음을 성장시켜야 하는 이유는 과거로부터의 집착에서 벗어나기 위함이다. 마음이 성장을 멈추고

병이 드는 것은 모두 알듯 과거에 집착하기 때문이다. 실패를 겪지 않고 마음이 성장하는 것은 불가능하다. 과거의 실패와 아쉬움을 긍정으로 풀어내는 것이 마음을 성장시키는 것이다.

성공하고 있다면 그것이 늘 마음의 성장을 멈추게 할 수 있음도 알아야 한다. 마음의 성장이 멈춰 버린 성공은 그래서 더 큰 실패로 이어지는 경우가 허다하다.

내 마음은 지금 어디까지 성장해 있는가.

무엇이 옳다 그르다 판단하는 대신, 지금 보고 듣고 읽고 경험한 것을 타인들과 차분히 공유하는 데 너그러워지자. 남의 성공이나 불행 모두에 너무 민감하게 반응하지 말고 보이지 않게 공감하자. 자기 의견을 강요하고 싶을 때가 바로 상대가 옳다 하고 끝낼 때다. 그것이 각자의 마음을 성장시키는 길이다.

마음이 성장할수록 알게 되는 유일한 배움은 자기 마음을 자신도 모르는데 과연 누가 남의 마음을 논하겠는가 하는 겸손함뿐이다. 세상에 남의 마음을 관리하겠다며 훈수를 두는 사람과 남의 행복과 미래를 안내해 준다는 사람이 넘쳐난다. 오히려 우리를 가르치려는 그들에게 우리가 겸손함을 가르

쳐야 한다.

　겸손함은 아직도 갈 길이 멀었다는 현실을 인정하면서 갈 곳이 어디인지를 바라보는 것이다.

"아직도 성장하고 있다는 사실을 인정할 수 있나요?"

시력

아침에 눈을 뜨자마자 바깥세상보다 화면 속 세상을 먼저 보는 시대다. 바깥세상의 모든 것을 화면 안의 정보에 의존하다 보니 창밖을 바라보면서 있는 그대로가 아닌 정보가 맞나 틀리나를 확인하려 하는 경우도 많다. 내 눈앞에 보이는 것도 곧이곧대로 믿으려 하지 않는다.

어느새 너무 당연하고 평범했던 것, 즉 그냥 일상 속 창밖의 자연이 더 많은 공감을 받기 시작한 것도 이런 세태와 무관치 않다. 당연한 일상이 생소한 것이 되었다는 말이다. 가짜 내지는 유사한 것들이 진짜 내지는 실체를 이길 수 없다. 그럼에도 불구하고 화면 속 세상에 대한 우리의 집착이 문제다. 게다가 우리 눈의 물리적 능력이 이미 볼 수 있는 한계에 직면하고 있다.

볼 수 있기에 수많은 시간을 화면 안에 집중하고 있지만, 화면 안에 머무는 시간의 길이만큼 물리적으로 볼 수 없게 되는 시간도 빠르게 다가오는 것 같다. 아직은 젊어 보이는 사람들도 마치 지긋이 나이든 사람들처럼 가까운 무언가를 보며 안경을 치켜 쓰거나 인상을 찌푸린다.

과연 우리는 언제까지 제대로 보면서 살 수 있을까. 우리 세대는 아직 인류가 경험해 보지 않은 디지털의 위험천만한 정글을 탐험하는 원정대와 다를 게 없다. 우리의 의지와는 관계없이 언제 어떤 식으로 게임 세상이 종료될지 알 수 없듯이 우리의 탐험도 언제 갑작스럽게 끝날지 알 수 없다.

인류가 아닌 한 개인의 탐험을 말하는 것이다.

화면을 본 지 10년을 맞이한 90세 어르신 세대와 20년을 보며 90세를 맞이하게 될 세대, 그리고 50년 간 화면을 보며 90세를 맞이할 세대는 물리적인 시력 면에서 서로 매우 다를 것 같다. 과연 지금 90세 어르신의 시력을 유지하는 비율이 오늘날의 젊은 세대 중에는 어느 정도나 될까 하는 의문 제기는 전혀 엉뚱한 발상이 아니다.

"가끔 화면에서 벗어나 먼 산을 바라보고 있나요?"

노화

"어르신 옷 입으신 걸 보면 치수가 너무 커서 후줄근해 보인다, 나는 나중에 노인이 되면 몸에 맞게 옷을 좀 챙겨 입고 다니고 싶다"고 많은 젊은이들이 생각할 것이다. 내 기억에도 부모님 평소 옷차림이 그리 썩 내 맘에 들지 않았던 것 같다.

"왜 그렇게 치수가 큰 옷을 입고 계세요? 좀 몸에 맞는 옷을 입으세요"라는 말은 스스로 노화를 겪기 전에나 할 수 있다.

큰 옷을 입은 게 아니라 몸이 줄어든 것이다. 젊을 때는 자식들 옷 하나 더 사 주기 바쁘셨다. 자식들이 부모에게 잔소리를 시작할 때쯤 되면 무슨 옷을 입어도, 장롱에 있는 어떤 옷을 꺼내 입어도 얻어 입은 옷 같은 느낌이 들 정도로 몸이 줄어든다.

어디 옷뿐이랴. 신발도 점점 헐렁해진다. 애초에 발이 컸던 사람은 한 치수씩 줄여 나가면 그만이지만 평균 치수였다면 웬만한 신발은 다 크다. 나도 연로하신 아버님의 발에 맞는 운동화를 찾다 결국 여성용 신발 코너에서 간신히 찾아 사 드리고 나니 잘 신고 다니신다.

불과 몇 년 전 입던 옷이 작아져 정리했던 기억이 있는데 이제 옷이 커져서 못 입게 되었을 때가 진짜 노화가 시작된 시점이 아닐까. 큰 옷을 그대로 받아들이는 작아진 몸과 마주하는 때는 이미 노화가 많이 진행된 때이리라.

가까이 있는 것 안 보인다고, 머리카락이 좀 하얗게 세었다고 노화가 진행되었다며 나이 든 척할 필요는 없다. 옷이 잘 맞는다면 아직은 아닌 것이다.

너무 젊어 보이려 애쓸 필요도 없고 일부러 나이 들어 보이려고 할 필요도 없다. 화려한 장신구보다 단 한 벌이라도 내 나이에 맞는 옷을 갖춰 입을 수 있는 비움과 채움의 선순환이 가장 중요하지 않을까 싶다.

"노화도 시작되기 전인데 나이 든 척하고 있나요?"

생
生

하루 사진 쇼 몰링 소비 의식비만 턱걸이 꿈 기도
여행 산 알고리즘 뉴스 유행 포인트 이동수단 선물
나무 정의 역사

하루

누구든 세상 변화의 흐름을 거스를 수는 없다. 그렇지만 이 변화의 와중에도 우리에게 본질과 제자리 찾기의 중요성을 알려 주는 것이 하루 그 자체다. 하루가 눈에 들어오기 시작하는 때가 늦어질수록 후회도 많아지는 법이다.

하루의 시작, 즉 해가 뜰 때의 설렘은 깨어남과 함께하는 감성이다. 해가 질 때의 아쉬움을 잠시 접어 둬도 되는 것은 안식을 찾아 복귀해야 내일의 설렘을 다시 맞을 수 있기 때문이다. 하루를 통해 부지불식간 제자리로 돌아오게 되는 삶의 본질을 배우게 된다.

세상이 우리에게 쉼 없이 추상적인 이상을 좇아 끝점을 향해 나아가라고 요구할 때 원점을 돌아볼 수 있어야 한다. 그것이 나에게 주어진 하루의 진정한 가치를 찾는 도전이다.

하루를 통한 배움은 설렘과 아쉬움 중 후자를 선택하는 데 익숙해지는 것이다. 설렘 가득 쇼핑할 때 스스로 하루 정도 아무것도 사지 않는 날을 정해 실천해 보자.

모두가 설렘 가득 최고 시청률 프로그램에 몰입할 때 한 주 정도 TV와 멀어지기에 도전하자. 누구나 설렘 가득 검색 정보에 의존할 때 하루 정도 검색하지 않는 날에 도전해 보자.

당장 설렘은 없겠지만 미래에 직면할 아쉬움의 크기도 함께 줄어들지 않을까.

(?)

"오늘 하루를 시작하며 아쉬움을 줄이기 위해
설렘을 양보한 적이 있나요?"

사진

어디를 가든 사진 찍는 사람들이 넘쳐난다. 주문한 음식을 앞에 두고 한 장, 어느 장소에 왔음을 입증하기 위해 한 장, 디저트 먹기 전 또 한 장.

얼굴 좀 알려진 사람을 만나기라도 하면 사진 한 장 같이 찍어 공유하는 사람이 후광효과를 톡톡히 얻는 것을 보면 가히 사진 대세론이 쉽게 꺾이지 않을 것 같다.

사진을 찍기 위해 어딘가를 찾아다니는 새로운 유목민의 모습이 연상될 정도다. 그들이 훑고 지나간 곳은 대중화된 콘텐츠만 넘쳐나게 된다. 저렇게 찍어 대는 사진을 정리하고 저장하고 공유하는 순환을 통해 무엇을 얻고 있을지. 나 자신이 아닌 사진을 통해 누군가로부터 주목받고 싶은 이 욕망을 세상은 당연하게 여기고 지지하고 후원한다. 특정인들이 올린 사진 하나에 주목하면서도, 자신이 찍은 사진으로 앨범을 정리하는 일은 소홀히 한다. 연출된 인생 사진 한 장에는 집착하면서도 인생 그 자체에 초점을 맞추는 것에는 인색하다.

그렇게 많은 사진을 찍고 인생 사진(인생샷)이라는 말까지 하면서 진짜 자기 인생을 담아낼 사진 한 장이 무엇일지 생각해 본 적이 있는가. 그리도 많은 사람과 유명인의 사진에는 열광하면서 나의 시선과 응원을 절실히 필요로 하는 누군가를 찾아본 적이 있는가.

사진을 찍기는 쉬워도 딱 한 장 누군가의 기억에 남길 수 있는 진짜 인생 사진은 아무에게나 주어지는 행운이 아니다. 인생샷 대부분은 내 카메라가 아니라 누군가의 카메라를 통해 찍힐 때 가능한 것 아닐지. 만나고 움직이고 응원하다 보면 자연스럽게 찍히는 것이 사진이다.

눈에 들어온다고 무작정 사진을 찍지 말고 자신에 초점을 맞추기보다 주변 누군가의 인생 사진을 눈으로 찍어 보려고 노력해 보면 어떨까. 그래야 기억 속에 잔상이 남는 진짜 사진 한 장을 남길 수 있을 것이다.

어르신들로부터 그 난리 통에 사진이라고는 이 사진 한 장 남았다는 말을 들었던 기억이 있다. 그 사진 한 장만으로도 역사와 인물을 이해하기 충분했다. 매일 오래된 앨범 정리하듯 디지털 공간 앨범이나 정리하자.

"이번 주말 몇 장의 사진을 찍었나요?"

쇼쇼쇼. 1970년대 흑백 TV를 통해 펼쳐지던 버라이어티 쇼 프로그램이다. 내 기억 속에 아직도 그 화려했던 프로그램의 잔상이 남아 있다. 일주일에 한 번만 볼 수 있었고 쇼에 나오는 사람들의 화려함은 좀처럼 일상에서는 찾아보기 힘든 것이었다. 내가 쇼에 몰입했던 이유다. 일상과는 완전히 분리된 공간, 그곳이 미디어의 세계였다. 또한 쇼와 일상이 명확하게 구분되던 과거를 대중매체 시대라 한다.

지금은 쇼와 일상이 구분되지 않는 시대다. 일상이 쇼가 되고 쇼가 일상이 된 시대를 살아가고 있다. 쇼 프로그램의 대중화를 지나 쇼맨의 대중화가 되었다.

이 쇼맨의 특징은 쇼 같지 않은 일상을 강조하는 콘텐츠를 만드는 능력이 출중하다는 점이다. 과거의 쇼가 TV라는 강력한 미디어 속 시선 끌기로 생존할 수 있었다면 지금의 쇼는 평준화된 미디어 환경 속 의식 동조에 초점을 맞추고 있다. 내가 소비하고 있는 콘텐츠 중 자극적일수록 쇼다. 재미있을수록 쇼다.

내가 보고 싶은 콘텐츠가 쇼인 것을 알면서도 계속 그 쇼에 몰입하면서 내 생각과 다른 의견이나 행동은 모두 쇼로 치부하고 있다.

"쇼하고 있네"라는 말을 떠올려 보면 이해가 쉽다.

내 가족의 경험과 지혜는 외면한 채 손에 주어진 미디어에 넘쳐나는 수많은 정보를 읽고 맹신하는 우리 자신에게 던져 볼 말 아닐까?

"지금 어떤 쇼를 즐기고 있나요?"

몰링

대형 복합 쇼핑몰 구석에 앉아 지나는 이들을 바라본다. 유모차를 끄는 사람, 혹은 아이의 손을 잡고 걷는 모습이 가장 많이 눈에 띈다. 일반 유모차와는 좀 다른 유모차도 시선을 끈다. 호기심에 살펴보니 반려동물 유모차다.

누군가 반려동물에게 "아빠 다녀올 테니 엄마랑 잠깐 있어"라고 말하며 자리를 뜬다.

아이들과 반려견을 데리고 몰링을 즐기는 사람들, 아기 유모차와 반려견 유모차를 밀고 있는 사람들이 물결처럼 내 눈앞을 끊임없이 지나간다.

하지만 이 거대한 쇼핑몰에 어르신 휠체어를 밀며 지나는 사람은 단 한 명도 보지 못했다.

불현듯 고령자를 볼 수 없는 고령사회가 다가온 느낌이 든다.

어르신들은 다 어디에 계신가. 나를 밀어 주던 그 어르신들을 이제는 누군가가 밀어 줘야 하지만, 휠체어를 탄 어르신도 휠체어를 미는 젊은이도 거의 없다.

아쉬움과 부끄러움을 갖고 자문한다.

(?)

"진짜 몰링을 즐겨야 할 사람이 누구일지

생각해 본 적 있나요?"

소비

친환경 소재로 만든 제품을 소비하는 것은 지속 가능한 인류를 위해 꼭 필요하다. 뜨거워지는 지구에 잠시 머물다 갈 손님인 우리가 빌려 쓰는 동안 지켜야 할 실천 약속 중 하나가 친환경 소비다.

친환경 제품을 소비하는 것이 꼭 필요한데 어느 순간부터 환경을 위해서가 아니라 자기 이미지를 위한 도구로 오용되는 경우도 많아졌다.

친환경적 삶이란 모든 것을 친환경 제품으로 바꾸는 것이 아니다. 그 전에 있는 것을 온전히 사용하는 것에서 시작해야 한다. 온전히 사용한 후 필요한 제품을 구매할 때 자신만의 탄소 발자국을 고려하면 된다.

친환경 소비가 유행이 되다 보니 사용할 수 있는 모든 것을 버리고 친환경이 주는 이미지만 재차 소비하는 모습도 많이 목격된다. 아직 한참 신을 수 있는 신발을 버리고 플라스틱 쓰레기를 재활용해 운동화 끈을 만들고 재활용 골판지로 만든 박스로 포장된 친환경 운동화라는 것을 새로 구매한다. 이는 친환경으로 포장된 또 하나의 소비 트렌드를 좇는 것일 뿐이다.

일회용 플라스틱 컵 쓰레기 문제가 가장 심각한 소비의

현장에 화려한 색을 뽐내고 있는 텀블러가 눈에 들어온다. 지속 가능한 소비를 위한 가장 간단한 실천인 듯 보이지만 그 화려한 색상이 천박하게 느껴지는 것은 왜일까. 누군가 연신 텀블러를 고르고 있다. 옆에 지나가던 아이가 친환경에 관한 이해는 하나도 하지 못하고 그냥 시선을 끌어당길 정도로 예뻐 보이니 나도 하나 사 달라고 조르자 엄마가 한마디 한다.

"아이 뭐야, 저번에도 샀잖아."

텀블러만 해당되는 것은 아니지만 지속 가능한 소비를 생각하며 이렇게 묻지 않을 수 없다.

?

"집에 몇 개의 텀블러가 있나요?"

의식 비만

한 안과의사와 만났다. 시력 교정 수술을 위해 찾는 환자와 상담을 하다 보면 너무 많은 전문 정보를 알고 있어 놀라울 정도라고 했다. 환자가 아니라 동료 의사와 토론하는 것 같다는 말도 했다. 솔직히 환자 대하기가 너무 피곤하다는 역설적 표현이다.

바로 앞에 있는 의사의 말을 믿지 않고 검색을 통해 사전에 확인한 수많은 정보를 검증하는 경우가 많다고 했다. 의사와 환자의 대화도 이럴진대 우리 행동을 결정하는 수많은 콘텐츠 과잉 유통은 우리의 일상을 얼마나 바꿔 놓고 있을까.

필연적으로 생산과 소비의 순환구조에 필요한 동력은 욕구다. 불만, 불안 등에서 벗어나 좀 더 행복해지라며 욕구를 자극한다.

보이지 않는 '의식 비만'은 콘텐츠 과소비 시대가 낳은 결과다.

제품이나 서비스 제공, 수익 창출을 위한 이해관계로 얽혀 있는 정보가 무차별적으로 과잉 유통되면서 순수한 정보를 대체했기 때문이다. 그 결과 화면 속 멘토는 넘쳐나는데 막상 바로 앞에 있는 전문가를 의심하게 만드는 기현상이 벌어졌다.

의식 비만은 눈에 보이지 않는다. 콘텐츠 식이요법이 시급한 시점인데 이 지점에서 도와줄 멘토는 자신뿐이다. 본인이 갖는 수많은 감정과 의식이 과연 어떻게 그리고 왜 형성되었는지 알아야 경계할 수 있기 때문이다. 그렇지만 대부분 스스로 무지한 데다 솔직하지도 못해 의식 비만의 상태조차 파악하지 못하는 경우가 많다. 의식 비만의 또 다른 모습은 콘텐츠 중독이고 세뇌다.

거울 앞에 서서 몸매를 살피듯 모니터와 마주하며 자신의 감정도 살피자.

"어떤 콘텐츠를 어느 정도 그리고 왜 소비하고 있나요?"

턱걸이

운동 같지 않은 운동을 한 지 30년이 넘었다. 계단을 오르거나 30분 정도만 일상 속에서 걷고 간단한 근력 운동을 하는 매우 무료하고 재미없는 단순한 운동을 한다. 보잘것없어 보이는 운동을 통해 얻은 지혜 중 하나가 잔근육의 소중함이다. 흔히 말하는 속근육과 조금 친해지고 있다.

겉으로 드러나는 우람한 근육이 아니라 보이지 않는 섬세한 잔근육. 이 잔근육을 자극하고 단련하는 겸손한 운동의 가치.

이 간단한 원리를 깨치는 데 30년의 시간이 필요했다.

어느 순간 무거운 바벨이 아닌 내 몸을 들어 올리는 것이 가장 위대한 목표임을 깨달았다.

내 몸을 버티고 들어 올릴 수 있다면 가장 위대한 운동을 하는 셈이다.

기구가 아닌 내 몸을 쓰는 운동법을 익히는 데는 매일 10분 동안 반복하는 지속적이면서도 절대적인 시간 투자가 필요하다.

운동은 내 몸을 들어 올리는 것이다. 내 몸을 일으키는 것이다. 내 몸을 버텨내는 것이다. 종국에는 내 몸을 유지하는 것이다.

그러나 이 단순하고도 멋진 운동은 외면받고 있다. 수많은 기구와 화려한 도구들이 유명한 브랜드를 등에 업고 짧은 시간 안에 멋진 몸만들기라는 환상을 심어 주고 있다.

운동은 재미없는 일을 반복하는 것이다. 반복하면서 재미를 스스로 찾아야 한다. 재미를 찾게 되면서 반복이 어렵지 않게 되는 게 진짜 운동이다.

(?)

"자기 몸을 끌어올리는 턱걸이를 몇 개나 할 수 있나요?"

꿈

은퇴하신 교수님 한 분과 대학 내 사라진 다양성에 관해 대화를 나눴다. '대학에서 사라진 것이 과연 무엇일까?'라는 질문에 잠깐 고민하다 이렇게 답변드렸다.

"지금 우리 대학에서 사라진 것은 꿈의 다양성입니다."

종합대학교 한 곳에 입학하는 수천 명의 신입생이 품는 꿈의 종류는 몇 가지나 될까?

주요 대학일수록 학생들의 꿈을 다섯 가지 정도로 압축할 수 있다는 우스갯소리가 생길 정도다. 대학 캠퍼스에 내걸리는 대형 현수막은 ○○고시 합격 00명, △△스쿨 합격생 00명, □□ 전문대학원 합격 00명 등 정해진 직업에 한 명이라도 더 이름을 올리려는 학생들과 기성세대의 몸부림을 보여준다.

대화를 나눈 며칠 후 접한 외신 보도는 또다시 이 시대 사라진 꿈의 다양성을 생각하게 했다.

2020년 중국 대학 입시에서 최상위 성적을 받은 농민공의 자녀가 고고학과를 지원하자 미래 직업이 보장된 전공을 왜 포기했는지, 돈을 잘 벌 수 있는 전공을 왜 선택하지 않았는지에 대한 논쟁이 벌어졌다. 더 나아가 서민에게 인문학과 사회과학은 사치스러운 학문이라는 일종의 흙수저 논쟁까지 일었다. 이 학생은 어린 시절부터 꿈꾸었던 고고학자의 꿈을 당당하게 밝히며 모두에게 감사를 전했다.

꿈의 다양성이 사라진 지금. 수십 년이 지나도 불변하고 있는 우리네 돌잡이 문화만 봐도 꿈이 한 살 때부터 기성세대의 가치관에 지배당하고 있음을 알 수 있다. 그리고 아이가 자라나 대학에 진학하는 20년간 끊임없이 다양한 꿈을 꾸거나 생각을 하지 못하도록 키운다.

앞서 중국 학생이 고고학자의 꿈을 밝힐 수 있었던 것은 오히려 농민공인 부모가 특정한 직업을 강요하지 않았기에 가능했을 것 같다.

"아이에게 꿈을 강요하고 있지는 않은지,
지금 어떤 꿈을 키워 주고 있나요?"

기도

개인 신상카드를 작성하다 보면 종교를 적는 난이 있다. 사람들은 서로에 대해 알고 싶을 때 흔히 종교가 무엇인지 묻는다. 개인적인 생각이지만, 어떤 종교에 속해 믿음을 갖는 것만큼 인생에서 좋은 선택은 없을 것 같다.

하지만 종교 때문에 삶 속에서 반목하는 이들도 많이 마주하게 된다. 자신의 종교를 따라야 한다고 주장하거나, 다른 종교를 배척하는 사람이 많다.

어떤 종교를 믿는지보다 얼마나 훌륭하게 그 종교의 교리를 충실하게 따르고 있는지가 중요하지 않을까. 그 교리를 따르다 보면 다른 종교를 믿지 않아도 상호 존중할 수밖에 없을 것이기 때문이다.

모든 종교가 갖는 공통분모가 바로 기도다. 어느 종교를 믿든 기도를 통해 소망하는 것은 비슷할 것이다. 종교적 관용을 품고 타인을 바라보면 어떤 사람이라도 이해하기 쉬울 것이다.

독실한 신자이신 어머님은 매일 열심히 기도하셨다. 90을 바라보시는 아버지도 늘 기도를 하신다. 그런데 아버지의 종교는 무교다.

두 분은 단 한 번도 자신의 종교를 상대방에게 강요하지 않으셨다. 어느 종교를 믿어라 믿지 마라 말씀하지 않으셨다. 하지만 늘 각자의 기도에는 충실하셨다. 물론 함께 같은 종교를 믿는 모습도 좋지만, 나름의 방식으로 기도하는 모습 또한 아름답다.

좀 더 과거를 회상해 보니 돌아가신 외할머니가 가끔 집에 오시면 손주들을 위해 열심히 기도해 주셨다. 할머니, 어머니의 종교도 달랐다. 그런데 기도의 내용은 늘 같았다.

동일한 종교와 종파에 속하지 않더라도 함께 기도하는 자체가 더 중요하다.

"매일매일 기도하고 있나요?"

여행

휴가철과 방학이 다가오면 단연 여행이 화두가 된다. 이 사람 저 사람의 여행 이야기를 듣다 보면 그 방식과 목적도 제각각이다. 늘 새로운 곳을 찾아다니며 여행을 즐기는 사람도 있고 특정한 국가나 지역을 반복적으로 여행하는 사람도 있다. 공통점은 하나다. 모두가 자신의 여행 방식에 만족하는 데 그치지 않고 다른 이에게 추천하기 여념이 없다.

어디가 좋고 나쁘고 어떤 일정이 편하고 불편하고는 개인마다 다르다. 출장이 아니고서야 여러 사람이 똑같은 일정으로 같은 곳을 함께 여행하는 일은 그리 즐거운 일이 아니다. 여행 안내서를 보고 다른 사람이 다녀와 추천한 곳을 가 보는 여행 또한 마찬가지다.

여행지는 아무도 모르는 어떤 곳이어도 좋다. 누구나 다 가 본 곳이라고 해서 내가 꼭 갈 필요도 없지만 그렇다고 가지 않을 필요도 없다.

삶의 어떤 시기에 자신에게 영감을 줄 수 있는 곳이라면 내가 있는 곳을 잠시 떠날 수 있는 것만으로도 족하다. 그렇게 떠나는 것이 진짜 여행이다. 그곳은 어린 시절 뛰어놀던 골목일 수도 있고 부모님이 많은 시간을 보냈던 곳일 수도 있다. 꼭 멋질 필요도 없다. 그냥 자신만의 멋을 찾을 수 있으면 족하다.

무작정 남이 정해 놓은 일정과 남이 추천하는 곳으로 떠 난다면 자기만의 이 소소한 일상 속 감성을 놓치게 된다. 그 소중한 감성을 소중하게 생각하지 못하는 건 탐욕 때문이다.

사실 따지고 보면 일상이 여행이다. 그 일상을 여행으로 받아들이는 방법은 각자의 몫이다. 일상은 고난의 연속이고 고난을 벗어나는 것이 여행이면 그 여행은 일상으로부터의 도피다. 고생할 것을 알면서도 일단 떠나고 보는 것도 그 때 문인 것 같다. 여행 다녀와 집이 제일 편하다고 말하는 것만 봐도 그렇다.

진짜 여행은 소소한 일상, 힘든 일상을 이겨내는 인내에 서 샘솟는 감성을 만나는 순간에도 존재한다. 연세가 드시 고 거동이 불편해진 어머니의 손을 잡고 가장 많이 간 곳은 다름 아닌 화장실이다. 집 안 곳곳, 동네 곳곳 어머니와 거닐 며 어머니의 시선으로 관광을 한다. 보이지 않던 것들이 보 이고 느껴지지 않던 것을 느낄 수도 있다. 이 또한 소중한 여 행이다.

단순히 호텔에 머무는 것이 목적인 호캉스도 등장한 시대 지만 가끔 일상 여행을 마치고 집에 돌아와 휴식을 취해 보

161

시라. 그게 진짜 호강으로 느껴지는 것이 감성 여행이다.

"일상 여행을 하고 있나요?"

산

서울 사대문 안에서 약속이 참 많았다. 자연스럽게 봄이나 가을 날씨가 좋을 때 시간이 나면 좀 돌아가더라도 남산을 넘어 약속 장소로 이동하곤 한다.

시간이 많이 남아서가 아니다. 대신 굳이 시간을 내서 차를 타고 멀리 산을 찾아다니지는 않는다. 휴일 가끔 큰 산을 가지 않는 대신 일상 속 자주 작은 산을 간다.

조금만 시선을 돌려 보면 우리는 늘 산과 만날 수 있다. 조금만 시간을 내면 언제든 산에 갈 수도 있다. 이렇게 산이 많다 보니 산을 평가하는 기준도 상대적으로 높아진 것 같다.

국립공원 정도 되어야 우리는 그것을 산이라고 말하는 것 같다. 모든 산을 다 정복하려는 욕심도 갖게 된다. 산에 대한 품평도 가지각색 생겨나고 무엇보다 등산용이라는 어휘 뒤에 신발, 옷, 스틱, 가방 등 수많은 용품이 필수로 등장하게 된다.

산에 대한 기준을 조금만 낮춰 보면 나와 평생 친구인 산 하나를 얻을 수 있다. 친구를 자주 바꿀 필요도 없다. 아무리 낮고 볼품없는 산이라도 그 산길 구석구석을 속속들이 모두 알기란 힘들기 때문에 갈 때마다 새롭게 다가온다.

등산 전문가가 아닌 이상 친한 산은 자신을 잘 받아 주는 낮은 산이 아닐까 싶다. 뛰고 싶을 때 뛸 수 있고 걷고 싶을 때 걸을 수 있고 찾고 싶을 때 찾을 수 있는 산.

오르기보다 걸을 수 있는 산에 대해 누군가 "그게 산이냐"라고 묻는다. "산이 아니라 그냥 친구다"라고 답한다.

산 하나를 제대로 된 친구로 만드는 일은 참 어렵다. 산을 정복의 대상으로 간주하고, 이 산은 정상까지 올라가 봤으니 다른 산을 가겠다는 사람도 많다. 그렇다고 모든 산을 다 갈 수도 없다.

이 산 저 산 다녀보진 않았지만, 친한 산 두어 개는 있다. 이 친구들 만날 때 너무 에베레스트 가듯 갖춰 입을 필요는 없다. 산에 가면 산을 통째로 인식하기보다는 그 산속의 작은 오솔길들과 사귀는 데 집중한다. 친한 친구를 만나면 이야기를 더 많이 나누는 이치와 같다.

등산용 물품은 하나도 필요 없어 홀가분하다. 기껏해야 트레킹화 한 켤레면 족하다.

80세가 넘으신 어르신들의 등산은 우리가 아는 등산과는 다르다. 산 초입에 가서 산책만 하며 돌아오는 분들도 많다. 그냥 산까지 가는 게 등산이다. 할 일이 없을 때, 갈 데가 없을 때, 목적지를 제공해 주는 것 또한 산이다.

세월이 가도 그나마 쉽게 갈 수 있는 산과 친해 놓으면 그 산이 나를 반겨 주지 않을 리 없다.

멀고 높은 산은 나중에 나를 외롭게 할 것이다.

"낮고 가까운 산을 자주 산책하고 있나요?"

알고리즘

"신문 좀 읽어라"고 말하는 사람이 없다. 읽어야 하는 시대, 보아야 하는 시대가 아니라 보고 싶은 것만 볼 수 있는 시대가 되었기 때문이다.

자신의 편향대로 콘텐츠를 소비하는 시대가 된 지 오래다. 그래서 자기주장과 의견을 과도하게 확신하는 현상이 넘쳐난다. 자신의 견해와 다른 주장은 모두 틀렸다고 낙인찍어 버리는 것에도 익숙하다. 편 짜기와 편 가르기만 쉬워졌다.

편집된 뉴스의 게이트 키핑 기능이 사라지고 각자 뉴스를 선택하는 과정에 추천과 콘텐츠 소비 성향에 맞는 정보가 제공되는 알고리즘은 더욱 정교해지고 있다.

알고리즘의 진화는 편향된 정보를 더욱더 논리적이고 타당한 것처럼 보이는 주장으로 만든다. 확신에 찬 '정의로운' 집단 간 갈등은 바로 여기에서 비롯된다. 모두가 정의를 외칠수록 불의만 더 부각되는 기현상도 이 때문이다.

스스로가 편집하는 시대가 된 것이다. 문제는 스스로 편집을 제대로 하지 않으며 누구도 편집하는 법을 알려 주지 않는다는 것이다. 미디어는 자신들에게 유리한 뉴스를 소비하도록 유도하는 데만 집중하고 있다. 편집의 숙제는 오롯이 각 개인의 몫이 되었다.

이제 자신만의 뉴스 소비 알고리즘을 개발해야 한다. 이를 위해 자기 생각에만 몰두하고 그것만이 정답이라는 생각, 그리고 그 생각만을 끊임없이 지지해 주는 뉴스와 정보만을 소비하는 행태에서 과감히 벗어나야 한다.

나도 애독하는 신문이 있다. 하지만 그 신문을 남에게 권하는 것은 고사하고 신문 자체를 읽으라고 말하지도 않는다. 나는 내가 옳다고 생각하지만 나 또한 옳지 않을 수 있기 때문이다. 대신 누군가의 뉴스 소비 알고리즘에 관해 질문한다.

?

"어떻게 뉴스를 편집하며 소비하고 있나요?"

뉴스

두 사람이 설전을 벌이고 있다. 정반대의 의견을 주장하는 상반된 모습 속 공통점이 하나 있다. "뉴스에서 봤는데"라며 확신에 찬 주장이 그것이다. 상반된 주장인데 모두 신뢰할 만한 뉴스에서 본 내용이란다. 뉴스이기 때문에 신뢰할 만한 정보라는 것이고, 그 정보가 자신의 주장과 맥이 닿아 있을 때는 더욱 확신을 할 수 있어 타인 앞에서도 자신 있게 말하게 된다.

뉴스는 단순한 정보가 아니라 생산 주체인 매체, 그들이 선택한 지면 또는 방송의 배분과 배치 비중 등을 종합해 해석해야 하는 콘텐츠다. 그래서 뉴스 소비자는 어떤 매체가 구사하는 논조 등을 충분히 예측할 수 있는 것이다. 뉴스는 그러니까 세상을 해석하기 위한 정보 습득의 수단인 셈이다.

하지만 미디어가 발달할수록 오히려 뉴스를 맹신하거나 맹목적으로 비판하는 여론의 양극화 현상만 증대되고 있다. 과도한 뉴스 생산과 편향된 소비로 인한 사실 왜곡 현상이 만연하다.

뉴스는 공공재를 다루는 영역인데 기존 뉴스 생산자들이 어느 순간 공공재에 필요한 여러 안전장치를 풀어 버린 채, 콘텐츠를 그저 영리 목적의 포털 한편 진열장을 채워 놓는 수단으로 전락시킨 탓이다. 공공의 이익을 위한 안내와 지도가 아니라 사익에 부합하는 여론 조성 수단으로 변질되고 말았다.

이 사실을 인정할지는 개인의 몫이다. 그만큼 이제 뉴스는 생산자가 아닌 소비자의 선택에 전적으로 의존하게 되었다.

뉴스의 올바른 소비법을 익히지 않으면 개인의 삶에 독약을 먹는 것과 같은 부작용을 일으킬 수 있다는 무서운 경고에 귀 기울여야 한다.

뉴스는 거짓이니 믿지 말라는 주장에서부터 내 뉴스가 사실이니 맹신하라는 외침까지 그 어느 것에도 진실은 없다. 이것이 진실이다. 단지 파편적 사실만 있을 뿐이다. 진실은 사실을 비판적으로 소비하고 소화해 냄으로써 생성된 자기 생각뿐이다.

너무 주관적인 생각 아니냐고 비판할 수도 있겠지만 뉴스를 제대로 소비했다면 주관적 판단이 가장 진실에 가까운 시대를 우리는 살고 있는 것이다.

(?)

"편 가르기가 아닌

올바른 뉴스 소비에 관해 고민하고 있나요?"

유행

현대사회에서 개인은 대중 속 무의미한 점 하나에 불과한 존재로 강요당한다. 한 개인이 어떻게 이 시대보다 더 무시를 당하고 이렇게 존재감 없이 살아갈 수 있을까? 대중사회는 본질상 개인이 무시당하는 것에 익숙해지도록 학습시키고 있음은 분명하다. 개인을 존중하는 듯 하지만 사실 개인의 존재감보다 대중의 존재감을 중시한다.

때로는 어떤 특정한 한 개인이 존중받는 것으로 보이기도 한다. 그러나 그 사람이 어느새 대중과 함께 호흡하는 사람이 아니라 대중으로부터 완전히 분리된 채 대중의 힘 위에 군림하는 이상한 현상을 자주 목격하게 된다. 수많은 유행과 트렌드는 이렇게 만들어진다. 그래서 불편하고 어색하다.

오늘날의 개인은 대중사회 속에 범람하는 잡다한 지식과 정보는 잘 알고 있으면서도 대중 속 자신의 모습을 제대로 바라보지 못한다. 대중사회란 이런 존재감 없음에 익숙해지는 사람이 많은 사회이다. 다른 사람과 유사해야 안심이 되는 사회, 그 안에서 자신을 합리화하는 사회. 세상 속의 수많은 환상을 무리 지어 좇는 군중의 모습이 목격되는 사회.

미디어가 진화하면서 대중 속 개인의 존재감이 회복될 것이라는 기대보다는 개인이 군중에 함몰돼 사라져 버린 대중

사회라는 블랙홀만 더욱더 거대해지고 있다.

"유행을 따르고 있나요?"

포인트

지인과 커피를 마시러 갔다. 카페 직원이 포인트 적립 여부를 묻기에 괜찮다고 하니 함께 갔던 지인이 자기 포인트로 적립해 달라고 한다. 그러고는 나에게 왜 포인트 적립을 하지 않느냐고 묻는다. 가끔 온 곳이나 처음 온 곳에서는 포인트 적립을 하지 않는다고 답했다.

포인트는 질긴 소비 인연의 시작이다. 분명 다시 오게 만들기 때문이다. 정말 여기가 맞는다 싶으면 포인트로 인연을 쌓아 가지만 굳이 포인트 때문에 그곳만 가야 하는 상황을 만들고 싶지는 않다.

포인트 때문에 소비의 공간이 추가되면 결국 더 많은 소비를 하게 된다. 포인트에 이끌려 이곳저곳을 돌아다니다 보면 결국 빈곤한 과소비의 주체가 될 수 있다.

소비하면 포인트가 쌓이는 시대. 비행기를 탈 때 쌓이는 마일리지뿐 아니라 커피 한 잔을 마셔도 음식 배달을 시켜도 포인트는 쌓인다. 실제 돈을 쓰면서 가상의 돈을 저축하는 느낌과 비슷하다. 비싼 비용을 지불하고 포인트를 쌓는 경우도 허다하다.

포인트는 매일 필수적으로 소비하는 곳에서 자연스럽게 쌓아 놓다가 현금으로 사용하는 정도면 충분하다.

포인트는 곧 돈이고 단순 할인과 달리 지속적 관계를 도모해 주는 수단이라는 점에서 강력한 판매촉진 수단이다. 신용카드는 빚을 지고 소비하는 문화를 가장 수려한 어휘로 탄생시킨 지불 수단 중 하나다. 최근에는 '스마트'까지 덧붙여져서 카드를 등록해 놓으면 포인트가 자동으로 쌓이면서 돈 버는 느낌을 받으며 소비하도록 만든다.

지갑에서 현금을 꺼내 지불하는 시대는 사라졌지만 동전 하나를 돼지 저금통에 넣는 모습이 이전보다 소중하게 느껴진다. 지폐 한 장을 과감히 내주고 동전 하나를 되돌려 받고는 소비 잘했다고 착각하는 사람이 너무 많기 때문이다.

늘 진짜는 점점 사라지고 가짜가 진짜를 호령하는 듯해서 드는 생각이다. 돈을 모으려면 동전을 아껴야 하는데 돈을 더 쓰게 하는 포인트만 적립하니 말이다.

"오늘 하루 적립한 포인트 때문에
뿌듯했던 적이 있나요?"

이동수단

친환경, 공유라는 긍정적 어휘의 대표적 상징이 된 것이 자전거와 같은 다양한 간편 이동수단들이다. 도심 속에서 시간을 단축하며 편하게 이동할 수 있다는 장점이 있다.

단순히 자전거가 아닌 전기 자전거, 전동 킥보드 등 공유 이동수단은 계속 진화하고 있다. 그러다 보니 도심 속 어딘가에 널브러져 있는 이동수단들과 마주하게 된다. 또한 자전거를 타거나 킥보드라는 이동수단을 이용할 때 꼭 착용해야 하는 헬멧 규칙은 사라진 지 오래다. 환경과 공유의 가치를 나누면서 안전의 가치는 내려놓는 것과 같다.

전기의 힘을 빌리는 개인용 이동수단은 짧은 거리에 이용된다. 또 날씨에도 영향을 많이 받는다. 보건과 위생 측면에서도 관리가 필요하다. 환경을 보호하고 개인의 이동을 편하게 도와주는 간편한 수단으로 보이지만 생각보다 많은 관리와 투자가 필요하다.

짧은 거리에 가장 좋은 이동수단은 걷기가 아닌가. 가장 친환경적이고 안전하다. 건강에 투자하고, 비가 오면 잠시 근처 건물 처마 밑에 피했다 가고, 더우면 그늘을 찾아 이동하며, 추우면 좀 빨리 걸으면 된다. 이동 후 남겨지는 것은 이마에 맺힌 땀방울뿐이니 거추장스럽지 않아 좋다.

본래 짧은 거리를 이동하는 가장 효과적인 수단은 걸음이다. 이 본질을 외면한 채 짧은 거리를 빠르게 이동하는 수단에만 집착하면 이동수단은 있으나 이동할 길이 마땅치 않게 된다. 이동할 길도 만들어야 하고 지금 당장은 사용하지 않는 이동수단을 길가에 늘어놓아야 하니 결국 걷고 있는 길이 줄어들면서 길 위에 장애물이 생겨난 꼴이 된다.

공유 자전거 하면 생각나는 게 그 자전거를 유지 보수하고 실어 나르는 트럭과 보도 위를 점령한 거치대다. 새로운 이동수단을 이용하는 이들은 대부분 젊은이다. 자전거는 도심 속 최대한 시간을 아끼면서 이동하는 효율적인 도구일 수 있다. 하지만 바쁠 때 킥보드나 자전거보다 빠른 걸음에 익숙해지라고 권하고 싶다. 빠르게 걷다 보면 느린 걸음의 소중함도 알게 되고, 느리게 걷다 보면 보지 못한 세상도 볼 수 있기 때문이다. 걸을 수 있을 때 좀 더 걸음과 친해지자. 이동할 때 혹 지나쳐 버리지 말고 후~욱 훑으며 지나가 보자.

⑦

"도심 속을 걸으며 가장 멋지다고 생각해 본 적 있나요?"

선물

내가 사회에 첫발을 내딛던 시절 당시 60세 즈음 은퇴하신 아버지는 산책 후 집으로 돌아오시는 길에 가끔 넥타이를 하나씩 사 오셨다. 그렇게 그냥 선물로 주신 넥타이가 꽤 된다. 때로 파격적인 디자인의 넥타이도 가져오시곤 했다.

은퇴한 아버지가 선물해 주시는 넥타이 중에는 당신이 한번도 매 보지 못한 디자인이 더 많았다. 지금 생각해 보면 젊은 사람은 이런 넥타이를 매도 멋질 수 있다는, 자신과는 다른 삶에 대한 기대가 담겨 있었던 듯하다.

다음 세대를 위해 무언가 고르는 설렘 같은 것. 선물 주신 넥타이 중 몇 번 매지 않은 것도 있다. 어느새 그 신상품 넥타이들도 모두 낡고 구닥다리가 되었다.

하지만 하나씩 사 오시던 선물의 기억은 고스란히 마음에 좋은 추억으로 남아 있다.

길을 가다 누군가를 위해 편하게 작은 선물 하나를 살 수 있는 일상이 소중하게 느껴지는 것도 이 때문이다. 일 년에 몇 번 무슨 날 멋진 선물을 하는 것도 좋지만 그보다 늘 지나던 길 어딘가에서 무언가 하나 누군가를 위해 고르는 일이 참 행복하다.

할머니가 손녀를 위해 자신이 산책하던 집 주변 상가 잡

화점에서 머리끈 하나를 사기 위해 지갑을 여는 모습을 상상해 보면 누구나 마음 한편이 먹먹해질 것 같다. 할머니가 다리에 힘이 빠져 걷기 힘들어진 어느 순간 얼마나 그 길을 다시 걷고 싶으실지 생각하면 말이다.

산책 삼아 서점에 들렀다가 책은 보지 않고 간이 액세서리 매장 앞에 서서 목걸이를 보고 있는 나를 발견한다. 좋아하든 싫어하든 홀로 길을 가다 마음이 가는 대로 소박한 가게에서 작은 선물 하나 사는 일에 너무 인색하지 말자.

생일날, 어린이날, 어버이날 무슨 날 참 많다. 그런 날보다 '내 마음이 내 걸음과 맞닿는 날'을 더 중요하게 생각하자.

"아무 날도 아닌데 길을 가다
늘 생각나는 사람을 위해 시선이 멈추는 곳이 있나요?"

나무

아버지가 아끼는 백송 한 그루가 있다. 내가 대학 입학 때 심으신 나무다. 그 백송을 심던 당시 50대셨는데 이제 90을 앞두고 계시니 나무 끝은 이미 하늘 높이 솟아 있다.

연세가 드시면서 아버지에게 힘이 되는 것은 그냥 묵묵히 제자리 지키며 늘 조금씩 성장하고 있는 백송 한 그루 아닌가 싶다.

가만히 보면 이 나무 아래서 기도도 하시고 옆에 앉아 계시기도 한다. 이 나무는 아버지 옆을 늘 지키고 있지만 치대지 않고 그냥 바람 소리만 들려준다.

우리 세대의 부모님들은 식민지 시대에 태어나 청소년 시절 한국전쟁을 경험하며 가족을 잃고 폐허의 황망함 속에서 생존을 위한 청년 시절을 보낸 분들이다. 그리고 노년기에는 인공지능의 시대를 경험하고 있다. 곧 우리 곁을 떠나갈 세대들이기도 하다.

어르신들과의 대화를 통해 얻을 수 있는 지혜가 한없이 많은데 세상은 그 지혜를 묻기에 너무 급하고 여유가 없어 보인다. 그래서인가 인공지능에게는 물어봐도 노인에게는 묻지 않는 시대를 사는 노인은 나무에 묻고 있는 것 같다.

네 뿌리는 얼마나 깊냐고.

한곳을 지키는 나무가 품은 시간이 없다면 숲은 결코 만들어질 수 없다. 뿌리라는 말이 구태의연해진 때지만 그래서 뿌리의 중요성을 아는 것이 더 경쟁력이 되는 때이기도 하다. 보이는 것에 환호하면서 숨겨진 가치에는 인색하기 때문이다.

"당신의 뿌리는 무엇인가요? 제자리를 지키고 있나요?"

정의

"어느 쪽입니까?" 이런 질문을 받는 일이 잦아졌다. 모두가 정의롭다고 주장하면서 이 질문을 한다. 양 끝단에 존재하는 정의 중 하나를 선택하라는 강요이기도 하다. 이 양 끝에 존재하는 정의는 정의로운 것일까.

누구나 정의를 논하는 시대다. 몇 사람만 모이면 정치 경제를 아우르는 시사 평론가들이 서러워할 정도로 사안을 꿰뚫는 분석이 넘쳐난다. 가만히 듣다 보면 법 위에 존재하는 고귀한 도덕성을 갖춘 사람들 같다.

나와 생각이 다르면 정치와 이념의 잣대로만 서로를 평가하려는 모습을 여기저기서 목격하는 것도 어렵지 않다.

중간지대가 다수이지만 양극단에 서지 않으면 정의롭지 못한 사람으로 취급받는 일이 일상이 되었다. 다수가 정의롭지 못한 사람으로 몰리는 비정상적인 상황이 연출되고 있다.

지난번에는 내가 맞았고 이번에는 당신이 맞았다. 다음번에는 누가 맞을지 아무도 알 수 없다. 그렇기에 모두가 치열하게 정의를 부르짖을 뿐이다.

그러고 보니 정의란 무엇인가에 관한 열린 논의보다 이것이 정의라고 외치는 사람이 더 많다.

정의란 무엇인가를 외치는 순간 정의를 찾을 것 같지만

이미 사전에 있는 개념조차 다시 질문해야 한다면 우리가 아는 정의는 사라졌음을 스스로 인정하는 꼴이다. 다른 사람 앞에서 함부로 정의를 말해서는 안 된다.

진짜 정의롭다는 것은 무엇일까. 정의롭지 않았던 자신의 모습을 반성하는 것이다. 이렇게 나부터 정의롭지 않음을 스스로 인정하는 것이 정의 아닌가 싶다.

나는 정의롭고 상대는 정의롭지 못하다고 생각하는 아집을 버리는 게 가장 정의를 실천하는 행위 같다.

"정의란 무엇인가"라는 질문에 스스로 묻고 답해야 한다. 이 질문의 답을 스스로 찾기 전에 타인이나 세상에 누군가가 던질 질문은 아니다.

"정말 스스로가 정의롭다고 생각하고 있나요?"

역사

"내가 위인 ○○○의 몇 대손이다", "우리 조상이 바로 △△△이다"라는 말을 종종 듣게 된다. 그러면서도 자신의 증조부모 세대는 고사하고 조부모 세대의 삶과 철학을 잘 알고 있지 못함을 목격하게 된다.

누구나 역사를 공부한다. 수백, 수천 년을 거슬러 올라가 역사를 논하고 때로는 그 역사의 해석을 둘러싼 논쟁을 벌이기도 한다. 교과서와 강의를 통해 접한 역사의식은 확고하면서도 자신의 할아버지 할머니가 증언하는 역사는 고리타분한 주장으로 여긴다.

역사 공부의 시작은 서너 세대 위까지 증언을 통해 조상들의 삶을 추적해 보는 것부터 시작해야 한다. 불과 100년 이내 역동적인 시대의 흐름 속 소시민의 굴곡진 역사를 체험할 수 있기 때문이다.

집안의 역사 역시 역사다. 개인의 역사는 오롯이 그 시대상을 가감 없이 담고 있다. 글로 쓰인 역사는 아닐지라도 내 가족 누군가의 기억 속에 또렷이 남아 전달되어 오고 있는 역사가 더 소중한 진짜 역사일 수 있다. 그 역사를 되짚다 보면 역사를 논하는 데 있어 겸손해진다.

내 조부모의 조부모가 고조부모일 뿐인데 그들을 이야기

하면 고리타분한 사람으로 취급받기 십상이다. 위인전은 돈 주고 사서 아이들에게 읽어 주면서 내 가족의 역사 속 인물에 인색한 것은 그들이 위인이 아니어서가 아니라 단지 잘 알지 못하기 때문이다.

역사에 정통한 사람은 정말 많은데 자신의 위치를 깨닫게 해 주는 가족의 역사를 아는 이들은 많지 않다. 최고의 역사학교는 가정이다. 이 가정이라는 역사학교를 잘 수료해야 국가의 역사도 제대로 해석할 수 있을 것이다.

?

"나를 중심에 놓고
주변 인물의 삶 속 굴곡을 찾아본 적이 있나요?"

에필로그

상식이 삶을 지속 가능하게 한다

세상이 아무리 변한다고 해도 어느 순간 우리는 원점, 즉 제자리에 있음을 깨닫게 된다. 수많은 기술혁신이 우리의 의식을 바꾸고 변화의 필요성을 강조할수록 본질의 가치는 더욱 커지기 마련이다.

자신도 모르는 사이 비상식이 상식을 지배하는 시대의 한가운데 놓여 있다. 모두가 하기에 나도 그래야 할 것 같고, 모두가 갈망하기에 나 또한 갈망하는 모습. 나는 사라지고 대중 속 한 무리 안에서 나를 발견하게 될까 두렵기까지 한 시대다.

이미 미디어가 개인을 압도하고 있기에 누군가가 아닌 바로 나 자신이 각자의 본질을 찾고 평정심을 유지하는 삶의 방식을 만들어 가야 한다. 커피 한 잔 속 카페인의 힘을 빌려야 무언가에 집중할 수 있을 만큼 생각할 것도 보이는 것도 비교할 것도 넘쳐나는 시대이기 때문이다.

혼자의 가치를 중시하며 현재의 자유로움을 누리는 만큼 미래에 감내해야 할 외로움의 크기는 커지기 마련이다. 많은 것이 변하면서 결국 사람의 진화와 적응이 그 속도를 따라가지 못하는데 나는 예외일 것이라는 착각은 순간적인 마취일 뿐이다.

온종일 상식으로 생각하며 비상식에 저항하는 실천만이 삶의 가치를 더할 수 있다는 생각을 하게 된다. 비현실적이고 이상적인 저항이 아니라 한 사람이 일상 속에서 소소하게 실천해 낼 수 있는 사고를 통한 자기 개선이 이어질 때 상식적 삶을 복원할 수 있을 것이다.

거침없는 변화 속에서 상식은 브레이크 역할을 하며 속도를 조절해 줄 것이다. 그 혜택은 오롯이 우리의 다음 수십 년 그리고 다음 세대들에게로 돌아올 터이다.

그래서 이 질문을 끊임없이 던져야 한다.

"지금 상식에 맞게 살고 있나요?"